Avec un parti pris pour la littérature de genre, la collection SATELLITE dynamite les atlas et érige des idoles sur leurs ruines. À la fois laboratoire de poétique et lieu de passage pour l'imaginaire, SATELLITE accueille des histoires transfuges, des livres étranges et des œuvres de science-fiction.

Damien Blass

L'enlèvement

science-fiction

triptyque

Le Groupe Nota bene (Triptyque) remercie le Conseil des arts du Canada et la Société de développement des entreprises culturelles du Québec (SODEC) pour leur soutien financier.

Gouvernement du Québec
Programme de crédit d'impôt pour l'édition de livres – Gestion SODEC

Nous reconnaissons l'aide financière du gouvernement du Canada par l'entremise du Fonds du livre du Canada pour nos activités d'édition.

Financé par le gouvernement du Canada
Funded by the Government of Canada

Triptyque est une division du Groupe Nota bene.

NOTE DE L'ÉDITEUR

Ceci est une œuvre de fiction.
Toute ressemblance avec des personnes
ou des faits existants est de l'ordre de la coïncidence.

ISBN : 978-2-89801-065-1
ISBN PDF : 978-2-89801-066-8

PROLOGUE

MIROIR

Ils traversèrent l'agglomération, concentrée à la sortie du pont. L'avenue principale de leur ville se terminait par un virage pour devenir Bellerive, ancien rang de campagne, nouvel axe de banlieue. De chaque côté de la route, des fermes tombaient en désuétude, envahies par des ceintures de feuillus. Des machineries agricoles rouillaient lentement, abandonnées aux herbes couvertes de rosée. Les silos et les granges attendaient d'être démolis. Une rangée de pylônes dressés vers les nuages en mouvement fendait le cours d'eau et se perdait au loin.

Les promoteurs avaient commencé à établir un projet domiciliaire, reproduction de demeures génériques alignées sur des pelouses dégarnies, qui entourait progressivement la maison moins récente des Lépine. Maman gara la voiture dans l'entrée, sous les branches du grand sapin. Ils entrèrent par le garage, et André monta l'escalier de la cuisine. Il se dirigea immédiatement vers la salle de bain et s'y enferma.

Penché au-dessus du robinet, l'adolescent fit couler un filet d'eau dont il s'aspergea le visage, lavant doucement sa peau avec ses mains. Il se sécha avec soin, puis se hissa sur le comptoir, à genoux face à la pharmacie. Deux pans latéraux du miroir pivotaient sur des charnières. Il replia les côtés extérieurs vers celui du centre, son visage près de la surface. La tête enfermée dans ce cubicule, il pouvait voir trois André différents. Chacun isolé dans une pièce inaccessible aux autres. Il rapprocha son œil à un centimètre de la glace.

Son visage se reflétait à l'infini dans le miroir, disparaissait au bout d'un couloir en verre dans un angle mort invisible au regard. Dans la contemplation de ses reflets, il pouvait laisser son œil se perdre. André tourna la tête, mira son image de profil, prêt à noter une différence, un détail particulier, mais son apparence refusait de changer. D'un reflet à un autre, son visage demeurait le même, condamné à rester enfermé dans le spectre du miroir.

Une fois, il avait presque failli voir au-delà, atteindre la fin du dédale et rencontrer son double. Cette expérience l'avait convaincu de ne plus regarder aussi loin dans le miroir. Pour l'instant, il se contentait d'admirer le phénomène, le gardant à distance avec curiosité. Mais la tentation était irrépressible : il devrait un jour, lorsque ses yeux seraient assez exercés, forcer le passage.

La salle de bain s'assombrit, et il aperçut un clignotement irrégulier à l'extrémité du couloir en verre. La lueur rouge illuminait faiblement l'étroitesse du passage, près de s'éteindre.

Cette lumière se couplait à une sensation vertigineuse, procurée par le pouvoir de traverser le passage, de quitter ce corps et de parvenir réellement de l'autre côté. Il mourait d'envie de rejoindre son double et de le rencontrer. Un être en substance identique, mais meilleur que lui-même.

André doutait de ce qu'il croyait avoir aperçu. À force de laisser son imagination dériver, on est parfois victime de sa propre manipulation, d'une conviction contre-nature. Si une autre réalité existait, Dieu devait en être le possesseur et défendre jalousement ce territoire. À moins que ce monde étranger soit habité par des créatures affamées, des démons qui attendent en bordure de la frontière le moment propice pour attaquer.

PARTIE I

Il y a un seul corps et un seul Esprit,
comme aussi vous avez été appelés
à une seule espérance par votre vocation.

Éphésiens 4:4

LUEUR

De lourds nuages couleur de cendre roulaient sur eux-mêmes, laissant filtrer la lumière grise entre leurs interstices aux replis obscurs. La rivière en rejoignait les filaments sans démarcation précise, s'écoulant vers un point de fuite comme si elle allait se jeter dans le ciel.

Capté par la beauté du paysage, André aperçut un point rouge à très basse altitude. Il crut d'abord à une éclaircie, mais la lueur se mit à bouger. Elle dansait à la surface des eaux, minuscule tache incandescente oscillant à la lisière du regard. Elle effectua un mouvement circulaire, mais la rambarde fit place à un rempart de béton, et il la perdit de vue. Aucun de ses parents n'avait remarqué l'anomalie.

Sa mère, Sarah, conduisait d'une seule main ; l'autre était posée sur la jambe de son mari, Robert. Il feignait d'être absorbé par l'extérieur, alors elle glissait ses doigts à l'intérieur de sa cuisse. Il la repoussait à chaque tentative. Elle attendait, avant de répéter son geste. Le jeu reprenait en douceur.

Le secteur se composait d'une succession de garages et d'entrepôts poussiéreux isolés par des enclaves routières. Au bout de cette zone industrielle, derrière une rangée de magasins à rayons, se dressait un toit en pyramide. Une croix était fixée au sommet. Sur la façade, on avait inscrit en lettres géantes : ÉGLISE DU SOUFFLE.

Ce matin, son père avait pris soin de se peigner avec du gel ; il sentait l'eau de toilette et souriait. Il avait hâte de voir l'orchestre des louanges. D'après ce qu'on lui avait raconté, la salle était équipée d'un système de son professionnel. Maman ajouta que l'Église du Souffle avait un ministère pour les adolescents. André allait pouvoir rencontrer de jeunes chrétiens, se faire des amis parmi eux. Les yeux de Maman étaient rivés sur lui dans le rétroviseur. Un regard inquisiteur, pâle et froid.

Plus de mille voitures s'alignaient dans le stationnement de gravier fin. Maman gara le véhicule en retrait, proche de la rue. Devant les portes se formait un attroupement sous les énormes lettres blanches, assemblage de manteaux sombres et parfois très colorés.

– Je veux pas y aller.

– André, personne ne te veut de mal. Surtout pas nous.

– Ton père a raison. À force de te méfier, tu restes enfermé dans ta bulle à avoir peur de ton ombre ; ça te coupe du Seigneur. On est une famille, il faut vivre ces choses-là ensemble, que tu le veuilles ou non.

– L'important, c'est que cette Église représente un nouveau départ pour nous trois.

Sur ces mots, Robert sortit de l'auto et alla ouvrir le coffre, dans lequel il prit sa basse électrique. C'était un modèle des années soixante-dix, dans un boîtier authentique aux charnières oxydées. Sa femme lui prit le bras avec amour. Ils s'avancèrent côte à côte vers les portes de leur nouvelle église. André les suivit, plié contre la bise. Sa mère lui ordonna de se dépêcher.

Ils franchirent les portes coupe-vent et pénétrèrent dans le hall. Maman frissonna en enlevant son manteau. André leva la tête vers le plafond en voûte, très haut, dont les solives descendaient en angle de quarante-cinq degrés. Le plancher était recouvert de linoléum beige et vert. Des voix joyeuses se réverbéraient dans l'espace. Il entendit des langues étrangères. Beaucoup de fidèles étaient des Haïtiens ou des Africains. André distingua aussi quelques groupes de Sud-Américains. Le reste de la congrégation était blanc. On s'embrassait sur les deux joues, on se faisait l'accolade. À tout bout de champ éclataient des « Dieu te bénisse ». C'était pour la plupart des gens ordinaires, des familles dans leur meilleur apparat.

À l'entrée du sanctuaire était postée une grosse dame qui distribuait l'ordre du jour. Elle tendit une brochure aux parents d'André et leur demanda s'ils venaient à l'Église du Souffle pour la première fois. Maman révéla que oui et qu'elle était impressionnée par tant d'affluence. Un réel contraste avec leur ancienne assemblée, qui ne comptait pas plus de trente personnes.

– Quelle joie de vous voir venir goûter à la présence du Seigneur ! L'Église du Souffle compte à ce jour deux mille membres.

André voulut s'avancer afin de jeter un œil dans le sanctuaire, mais la grosse dame lui barra le passage. Ceux de son âge n'étaient pas admis en ce lieu, sauf en des occasions spéciales. Les enfants devaient rejoindre l'école du dimanche.

– André a treize ans, assura sa mère.

– Dans ce cas-là, mon grand, tu dois aller au Club Contact. Tu vois le couloir au bout de l'entrée ? Passé la pouponnière, tourne à droite vers la chapelle. Tu vas voir, tu ne peux pas la manquer. Le pasteur Salomon a un message spécial pour les jeunes gens de ton âge.

Du couloir, de l'autre côté du hall, parvenaient des cris de bébés. Une porte battante s'ouvrait et se refermait au rythme de parents pressés. Chaque fois qu'un adulte en franchissait l'ouverture, il émanait de la pouponnière une odeur de talc, de lait en poudre et de caca.

La chapelle comptait environ deux cents places, séparées en deux sections par une allée qui menait à une scène de quinze centimètres de haut, où avait été installé un chariot avec une télévision munie d'un magnétoscope.

Un grand Noir vint serrer la main d'André. De sa personne se dégageait une impression calquée; son sourire évoquait un panneau-réclame.

– Je suis Moussa, ce qui veut dire Moïse en arabe. Moussa Gabu. Je suis pasteur-adjoint ici, au Club Contact. Je vous ai vus arriver, toi et ta famille. Ton père a l'air pas mal cool. Il joue de la guitare électrique?

– De la basse.

– Ah ouais, de la basse. Et la jeune fille qui l'accompagne, c'est...

– Ma mère.

Moussa balbutia une excuse. Il se détourna pour rejoindre deux gars plus vieux, vêtus chacun d'un polo Tommy Hilfiger de couleur différente où un porte-nom était épinglé. Ils s'échangèrent des tapes dans les mains.

André alla s'asseoir en retrait dans la dernière rangée, de manière à observer le reste du groupe. Le Club Contact était constitué d'adolescents de douze à dix-sept ans. La mode ici n'était pas très différente de celle de son école secondaire: pantalons cargos, chandails ornés de gros logos, chemises pâles et polos unisexes. Les filles s'habillaient de manière nettement moins sexy: aucune n'avait de camisole à bretelles spaghetti. Chacun tenait une bible.

Tout le monde avait noté son entrée, mais personne n'osait le regarder. En plus, le Nouveau Testament que sa mère lui avait donné était rose, le genre qu'on vous donne dans les cours de catéchèse, et ça ne passait pas, il le sentait. André méprisait ces jeunes pour leur attitude bien chrétienne, presque robotique.

Une fille assise à la première rangée l'observait. Elle avait des cheveux courts, ramenés derrière l'oreille grâce à une barrette. Elle devait avoir seize ans. Sa peau très blanche avait une apparence satinée, presque diaphane. Elle glissa ses ongles sur sa nuque et pencha la tête, ce qui fit saillir ses vertèbres.

Moussa Gabu monta sur scène, prit la guitare sèche et joua une mélodie répétitive de quatre accords. On réduisit l'intensité de la lumière. Sur le mur blanc, le projecteur à acétate illumina un carré, où un cantique fut inséré. Les jeunes se levèrent pour chanter.

Marchez dans l'amour
Comme il vous a aimés.
Personne ne peut vous tromper
Ni vous séduire.
Autrefois ténèbres, maintenant lumière :
Réveille-toi, toi qui dors !
Lève-toi d'entre les morts.

La fille du premier rang avait élevé ses mains en coupe vers le plafond pour prier. André ne pouvait détacher les yeux de son corps, dont émanait la beauté la plus pure. Elle proférait des mots incompréhensibles, une langue qui n'existait pas. Le langage des anges. Elle se mit à hurler : « Abba-ba-ba ! Abba-ba-ba-ba ! » *Elle parle en langues.* André avait déjà pu observer ce type d'euphorie chez d'autres chrétiens. Il savait qu'elle avait un nom : glossolalie.

Moussa joua le cantique à quatre reprises. Les fidèles priaient avec beaucoup de ferveur ; ils levaient les mains en signe de soumission, les paumes tournées vers le haut. On chanta le dernier couplet a capella, puis l'acétate s'éteignit. Les néons se rallumèrent.

Un homme énergique apparut sur scène et s'empara du micro. Ses cheveux d'un blond acier encadraient un visage avenant aux traits carrés. Il portait un veston sport par-dessus un t-shirt noir où on pouvait lire *The King's Lamb*, probablement un groupe de rock chrétien.

– Merci à toi, Moussa. Tu nous touches par ta dévotion, ton talent. Mon nom est David Salomon. Je suis le pasteur du Club Contact.

Sa mine débordait de sympathie. Il souhaita la bienvenue à tous et remercia les jeunes de croire en la présence du Seigneur. Cela le touchait de les voir assoiffés de vérité. Il salua aussi ceux qui venaient pour la première fois. En ce matin, de nouveaux venus connaîtraient Jésus, le Sauveur qui ne recule jamais devant l'ennemi, dit-il en fixant André de ses yeux gris.

– La réunion d'aujourd'hui va être un peu spéciale. Dans mes prières, j'ai eu la conviction de recevoir une révélation.

Il retira une cassette vidéo d'un pan de sa veste et l'inséra dans le magnétoscope. On éteignit totalement les néons. La télévision devint la seule source de lumière.

– Le film que vous allez voir a été produit par l'Église du Souffle, en collaboration avec le Club Contact. Ce documentaire contient des images réelles en provenance de partout dans le monde. Notre séance vidéo sera suivie d'une discussion, puis d'une prière. C'est pourquoi je vous demande d'être attentifs. Bon visionnement.

Sur l'écran apparut une voûte étoilée. La respiration du vidéaste amateur faisait trembler l'objectif. La caméra effectua un zoom sur une étoile, qui se déplaça subitement vers la droite puis disparut hors cadre.

Le ciel nocturne fut remplacé par un champ de maïs ensoleillé, au pied d'une montagne qui surplombait la vallée de son pic de neige. Deux voix conversaient en espagnol, à peine audibles, presque des murmures. La conversation fut couverte par un son alarmant. La caméra se fixa sur la montagne. Un disque métallique surgit de derrière le sommet. Le soleil miroitait à sa surface comme une gerbe d'étincelles. L'objet effectua un arc au-dessus du champ, puis disparut de l'autre côté du pic enneigé, laissant retomber un silence pénétrant.

« Qui sont-ils ? » clama une voix grave, accompagnée d'une mélodie de piano en crescendo. Sur l'écran, des planètes, des galaxies et des nébuleuses tourbillonnaient au creux d'un vortex.

L'image passa en fondu à une légion de fidèles prosternés devant une idole ayant la forme d'un cube noir. Vue à vol d'oiseau de La Mecque, suivie des vestiges de civilisations disparues, pyramides et colonnes ravagées par le passage de l'Histoire.

Une bombe nucléaire explosa en noir et blanc. Le champignon atomique souleva une cloche de poussière qui éclaira la salle d'un éclat terne. Au milieu de la déflagration, un visage apparut. Ses traits devinrent progressivement nets.

Yeux noirs immenses en forme d'amande, dépourvus de pupille et d'iris. Sa peau livide tirait sur le gris. Sa bouche remuait, dépourvue de lèvres. Son nez se résumait à deux trous dans le faciès.

Le visage se mit à changer. Ses yeux se rétrécirent. En leur milieu, des pupilles rouges apparurent et s'allongèrent en fentes verticales. Sa peau prit une couleur rose chair, sous laquelle palpitaient des veines saillantes. Sa bouche s'ouvrit sur deux rangées de dents pointues, entre lesquelles se tortillait une langue fourchue.

La belle fille de la première rangée joignit les mains, sa tête remuant avec ferveur. André crut qu'elle pleurait, mais il se trompait. Quand elle se retourna pour le dévisager, il put voir ses yeux. Ces yeux ! Deux globes de cristal pur, dont la pupille attirait toute forme de vie à l'intérieur.

Il ne faut pas croire tout ce qu'ils nous racontent.

La brève lueur de ce contact saisit André à l'estomac. Il se détourna aussitôt pour concentrer son attention sur un point vide dans l'espace.

Le générique se mit à défiler sur l'écran. David Salomon éteignit la télévision, reprit possession de la cassette. Les néons se rallumèrent, rendant à la chapelle son éclairage aveuglant.

– Alors, ça vous a plu ?

MAISON

Chaque membre de la famille se retrouva devant une saucisse bouillie et un petit pain fendu. Le père huma la vapeur qui se dégageait de son assiette et demanda à André de prier pour la nourriture.

– Seigneur, prononça-t-il, je te demande de bénir ces hot-dogs. Veille sur cette maison pendant que mon père est parti…

Le reste de la phrase sortit de sa bouche comme un liquide qu'il vomissait.

– … car nous n'avons pas à lutter contre la chair et le sang, mais contre les dominations, contre les puissances du monde de la nuit, contre les forces maléfiques du ciel. Amen.

L'homme félicita son fils de sa belle prière.

– C'est dans la Bible, non ?

– Oui. Éphésiens, chapitre six.

– Ah oui ! C'est là que l'apôtre Paul parle de casque, d'épée et d'armure.

Maman afficha son mécontentement. André avait beau avoir une excellente mémoire, s'il pouvait retenir ne serait-ce qu'une fraction de ce qu'ils lui demandaient, leur vie serait plus facile. Il faisait exprès de ne pas leur obéir. André écouta ces remontrances et avala son hot-dog sans condiments.

Après le dîner, le père se dirigea vers sa chambre pour revêtir son uniforme de travail : combinaison bleu marine, casquette au logo de la compagnie de train, lunettes de sécurité jaunes. André se jeta dans ses bras pour retenir cette odeur familière, ce soupçon d'huile à moteur et de limaille de fer. Maman donna à l'homme sa boîte à lunch. Leurs bouches se plaquèrent l'une contre l'autre.

André guetta le départ du camion, entre la fenêtre du salon et le rideau. L'homme aperçut son fils ; ses lèvres articulèrent un « je t'aime » inaudible.

Maman débarrassa la table et déposa les assiettes dans l'évier. André le remplit d'eau savonneuse avant d'y plonger les bras. Pendant qu'il faisait la vaisselle, elle lui tournait autour, le couvant de sa voix sèche pleine de mépris. Elle avait accepté de gaspiller sa jeunesse pour prendre soin d'un petit profiteur. Qu'est-ce qu'elle avait fait à Dieu pour mériter un enfant comme ça ? Il aurait dû être envoyé en maison d'accueil avec les handicapés et les orphelins ; il finirait sa vie d'adulte dans la rue. André tira sur le bouchon. La saleté s'accumula au fond, laissant échapper de douloureux sons aqueux et métalliques. Le savon sale laissa un dépôt sur les bords de la vidange.

– Je suis pas ton fils.

Elle lui flanqua une claque sur la tête et le chassa de la cuisine en le maudissant jusqu'en enfer. André ne protesta pas et alla s'enfermer dans sa chambre.

Par la fenêtre se déversaient les derniers rayons du jour. Un vent puissant repoussait les nuages bleus amassés au-dessus des pylônes en aval de la rivière, vers l'ouest, laissant un espace totalement dégagé.

À partir de la rue Bellerive, un sentier en terre battue serpentait jusqu'à un bosquet d'arbres centenaires. Leurs branches effeuillées masquaient en partie une maison aux fenêtres placardées.

Quatre étoiles apparurent au sommet d'un pylône. Elles formaient un losange, un alignement particulier qui brillait à trop basse altitude. André pensa d'abord qu'il s'agissait d'un avion, mais les points lumineux demeuraient immobiles, tout en devenant plus brillants. Leur intensité devint telle que la rive parut éclairée d'un bleu anormal. Chaque point lumineux générait un éclat chatoyant, au halo cobalt. André grimpa sur son lit, ouvrit la fenêtre. Le vent pénétra dans la pièce, caressa ses cheveux.

Il franchit le châssis, atterrit dans une platebande de fleurs mortes. La pelouse caressa ses pieds nus jusqu'à ce qu'ils se posent sur l'asphalte maculé de pluie. De l'autre côté de la rue, le chemin de terre de la demeure abandonnée faisait place à un champ d'herbes grasses. André dépassa le mur latéral, flanqué d'un patio défoncé terminé par trois marches.

Le terrain s'inclinait jusqu'à la rive. La coque d'une chaloupe cognait contre les parois de bois d'un quai. Les flots berçaient la plateforme d'une onde indolente qui venait claquer entre les flotteurs. À l'est, le pont enjambait la rivière, ses culées éclairées par les lampadaires des constructions riveraines. Au centre du losange formé par les quatre étoiles, la lumière rouge scintillait.

À force de la scruter, André eut l'impression qu'elle tendait à se rapprocher de la rivière, mais ce ne devait être qu'une illusion. Il remonta le chemin jusque chez lui. En arrivant à Bellerive, il franchit l'asphalte en courant et alla se planquer dans le massif de fleurs sous la fenêtre de sa chambre. Or, celle-ci avait été fermée de l'intérieur. La porte d'entrée s'ouvrit. Maman apparut sur le seuil.

Elle s'avança vers lui, les lèvres tremblant de colère, l'empoigna par la nuque et le projeta sur le carrelage.

– Qu'est-ce que t'es allé faire chez le voisin ?

André balbutia une histoire proche de la réalité. De sa chambre, il avait aperçu une étrange lumière et avait cru que c'étaient des anges. Il avait voulu se rendre au bord de la rivière dans l'espoir de parler à Dieu. Maman respirait trop fort, l'air sifflait entre ses dents.

– Parler à Dieu... Où ça ? Dans ta tête ?

Elle lui donna un coup de poing violent sur le nez, faisant couler un filet de sang jusqu'à sa bouche. Il tenta maladroitement de s'éponger avec sa manche, mais elle le saisit par les cheveux et lui cria dans les tympans :

– Espèce de petit con ! Si tu crois que je vais croire à tes histoires de cinglé !

Elle lui ficha un direct dans le sternum. Il se plia en deux, le souffle étranglé, incapable de respirer sans ressentir une douleur lancinante. Maman retourna dans le salon, alluma la télévision et s'installa dans son fauteuil.

André tituba jusqu'à la salle de bain, verrouilla la porte derrière lui. Il inséra des bouts de mouchoir mouillés dans ses narines, se brossa les dents en grimaçant, puis cracha un mélange de sang et de dentifrice. Une de ses incisives branlait dans sa chausse.

Il alla se coucher sans dire bonne nuit à Maman. Il s'étendit nu sous les couvertures, scrutant le plafond dont il connaissait le moindre défaut, la moindre fissure. Il blâma sa mère à voix basse pour la souffrance qu'elle lui faisait endurer, pour le mensonge qu'elle avait introduit dans la famille et pour son désir obsessionnel de le traiter comme un imposteur, alors que c'était elle l'étrangère, l'intruse. Lui et son père étaient bien avant qu'elle fasse irruption dans leur vie. Il s'endormit en la maudissant.

André se tournait et se retournait dans ses draps moites. Dans son nez, les bouchons gonflés de sang coagulé frétillaient à chaque soulèvement de sa poitrine. Un râle sortait de sa bouche. Il se raidit sur son séant, repoussa ses draps en une boule gluante. Il descendit du lit, sortit de sa chambre, gagna le couloir d'un pas engourdi.

Il parvint au salon, errant au milieu de la pièce. Il contempla le fauteuil vide, l'écran noir de la télévision. Il se tourna vers la rivière, dominée par un ciel d'ambre. La lune hérissait ses deux pointes en une faux argentée. Les quatre étoiles étaient toujours regroupées en losange, juste au-dessus de la ligne à haute tension. La lumière rouge des pylônes clignotait à intervalles réguliers, de plus en plus longs, jusqu'à disparaître.

Une brise agita soudainement les branches du grand sapin, qui parut s'embraser. Le salon fut illuminé par la présence du disque de feu, qui descendait lentement vers la maison en émettant un bruit paralysant. L'objet était si énorme qu'il emplissait son champ de vision. Un cri dément jaillit de la gorge d'André.

À ce hurlement, Sarah repoussa ses jambes hors du lit, enfila sa robe de chambre et en referma le col sur sa poitrine. Avec calme, elle pénétra dans le couloir et aperçut le garçon en train de se cogner aux murs. Il proférait des insanités confuses, crachait des insultes.

Elle s'approcha d'André et toucha son visage. À ce contact, il tenta de la frapper, mais elle emprisonna ses bras et les maintint immobilisés. Secoué par une série de tremblements, il enfouit sa tête au creux de la poitrine de Maman et éclata en sanglots. Elle lui caressa le dos, lui passa la main dans les cheveux et lui murmura tout près de l'oreille :

– Ça va, André, c'est moi, c'est fini. Tu as fait un cauchemar. Tu peux venir dormir avec moi si tu veux.

La chambre principale baignait dans une odeur tiède. Maman, couchée en travers du lit, fixait l'obscurité avec la rigidité froide d'une murène. André s'assit dos à elle sur le matelas. Des sanglots incontrôlables secouaient son corps maigre et brûlant de fièvre. Sa peau était poisseuse de sueur.

– Essaie de ne pas y penser. Quand on se rend compte que c'est un rêve, parfois on arrive plus facilement à oublier.

Il s'éloigna d'elle le plus possible, la tête enfouie sous l'oreiller.

– Moi, quand j'avais ton âge, je faisais toujours le même rêve. Je le fais encore parfois. Au fond d'une forêt, au crépuscule, il y a un garçon, perdu loin de sa maison. Il ne retrouve pas ses parents. Les feuilles tombées des arbres craquent sous ses pieds. À un moment, il débouche sur une clairière. Là, une femme l'attend, très noble et très vieille. Elle tient un livre, demande au garçon de le lire très attentivement. Le garçon prend le livre. Il se rend compte qu'il est fait de peau - de peau humaine. Il trouve ça dégueulasse, mais se met à tourner les pages. Il lit toute la nuit, dans sa tête. Le soleil se lève. Une boule rouge et jaune entre les arbres. Il entend de l'eau couler. Guidé par le son, il arrive proche d'un ruisseau où l'attend son jumeau, mais ce frère a une queue qui lui pousse dans le bas du dos. Le garçon regarde la queue, trouve ça bizarre. Ensuite, il aperçoit, de l'autre côté de l'eau, un mur de brique. Les deux savent qu'ils doivent traverser le ruisseau, monter par-dessus le mur, mais le premier frère ne veut pas. Mon rêve accélère à partir de là. Le premier frère se retrouve pendu par un pied à un arbre pourri. Il reste la tête à l'envers pendant des jours, à moitié mort.

André se retourna vers elle. Sa respiration s'était calmée, et ses sanglots avaient cessé. Il lui demanda si le garçon pendu allait mourir. Il voulait aussi savoir ce qui était écrit dans le livre de peau.

– Ça n'a pas d'importance.

À huit heures du matin, Sarah téléphona au bureau du directeur d'école. Elle déclara à la secrétaire :

– Mon fils est malade. Il est cloué au lit. On dirait une sorte de virus. Je ne crois pas qu'il pourra se présenter en classe cette semaine.

Après avoir raccroché, elle nettoya le plancher à la vadrouille, de la cuisine au couloir, et récura la tache de sang séché dans le portique. Elle se rendit à la chambre avec un plateau sur lequel reposait un bol de soupe en sachet, liquide clair à l'écume jaune. Il faisait dans la pièce une chaleur suffocante.

– Tu as de la fièvre, on dirait. Mange, ça va faire baisser ta température.

Il détourna la bouche, mais elle l'attrapa par le menton et lui inséra une cuillerée entre les dents. Il ingurgita le bouillon en toussant.

– Est-ce que tu te rappelles ton cauchemar ?

– Je commence à avoir quelques souvenirs, mais c'est flou. Je crois que ça s'est passé ici.

– Dans la maison ?

– Non, dehors, juste en face du salon. Je me souviens du sapin. Il me semble qu'il bougeait à cause du vent, qu'il changeait de couleur. C'est la seule chose qui me revient.

Elle força André à avaler le reste de la soupe, puis le laissa se reposer. En sortant de la chambre, elle regretta de l'avoir frappé aussi fort. Elle se demanda quelle excuse elle allait bien pouvoir servir à Robert afin d'expliquer ces marques au visage.

Peut-être André disait-il la vérité, peut-être avait-il réellement vu quelque chose la nuit dernière. Le sapin, devant la maison. *Il a changé, on dirait.* Les aiguilles du sommet avaient été entièrement consumées. À la base, elles étaient orange, comme roussies par un grand feu. Un autre détail attira son attention sur le terrain de l'horrible maison voisine. Le champ en friche semblait avoir été piétiné à plusieurs endroits.

Elle traversa la rue, non sans ressentir une certaine appréhension à l'approche de la bâtisse en ruine. Sous la galerie, elle dénicha une vieille échelle. Elle en vérifia les barreaux, l'appuya contre la gouttière et monta jusqu'au toit. Avec précaution, elle rampa à plat ventre, puis posa ses fesses à califourchon sur le faîte de la corniche. De ce point de vue, elle pouvait embrasser du regard la totalité du terrain vague.

Le foin aplati formait un tracé d'une grande précision. La spirale devait mesurer environ deux cents mètres de diamètre.

CHEZ LES SALOMON

Le ciel se compressait en une masse noire qui pesait à basse altitude sur l'asphalte et le béton. Les nuages ne laissaient voir aucun interstice entre leurs mouvements continuels. La voûte aérienne s'emplissait d'un noyau de ténèbres, un poison d'encre s'étiolant à partir de son cœur.

La voiture dépassa une série de concessionnaires automobiles, un magasin de peinture, la rôtisserie «Chez Pete, du bon poulet pour tous» avant de virer dans une zone résidentielle en chantier. La pluie se mit à tomber violemment sur le pare-brise, et le père actionna les essuie-glaces.

Une rangée de clôtures délimitait une petite rue où les maisons neuves s'aggloméraient côte à côte, à différents stades de construction, au milieu de terrains dénudés. La voie se terminait par un rond-point à l'anse duquel nichait une grosse demeure, style manoir de banlieue. Pas très loin, derrière la ligne de branches maigres, la zone résidentielle se terminait, et on apercevait la croix de l'Église du Souffle.

Ils gravirent l'escalier flanqué de deux lions en pierre. Le père appuya sur la sonnette, qui répondit par un carillon clair. Une forme floue apparut derrière la vitre, et la porte s'ouvrit sur le sourire béat de David Salomon.

– Dieu soit loué ! Quelle belle visite, vous êtes venus.

Le vestibule donnait sur un salon au plancher de bois franc. À gauche du portique se trouvaient une télévision immense et des divans de cuir. Un escalier tournant reliait l'étage supérieur au sous-sol. Le reste du logis se passait de décoration. Aucun cadre, aucun portrait de famille, des murs peints en différentes variantes de gris, subtil mélange de discrétion et de dénuement volontaire. Ce devait être une maison modèle, construite d'après un catalogue.

Rachel, la femme du pasteur, apparut dans le salon, vêtue d'un ensemble de sport beige. Elle tendit les mains en avant, effectua trois petits pas, comme si elle voulait soulever un chiot du sol. Maman n'eut d'autre choix que de la prendre dans ses bras.

David Salomon les invita dans la salle à manger. Sous un puits de lumière, une fausse plante arborait un feuillage luxuriant.

– C'est une belle maison. Vous ne devez pas habiter ici depuis longtemps.

– Ça fait moins d'un mois.

Le comptoir de la cuisine était du même beige que le plancher luisant. Les portes d'armoire et les tiroirs à poignée en inox donnaient à l'espace un cachet moderne. La table aux pattes de métal était surmontée d'un unique panneau de verre translucide de deux pouces d'épaisseur, où des ustensiles et des serviettes de papier rouge avaient été soigneusement disposés. Aucune trace de saleté ni d'égratignures.

David Salomon s'activa à leur servir de la limonade, transvidant des portions d'eau sur des blocs de glace rose. Avant qu'ils puissent boire, la sonnette d'entrée tinta : le poulet était arrivé. Le pasteur alla payer la commande, puis reparut avec six boîtes de carton entre les bras.

– Où est notre fille ?

– Elle est dans sa chambre, je crois qu'elle dort.

– Va la chercher.

Rachel disparut dans le salon et revint en compagnie d'une adolescente.

– Je vous présente Dorothée.

La fille aux yeux de cristal ne portait qu'un t-shirt bleu poudre avec un jean délavé, sans ceinture à la taille. Ses cheveux étaient ébouriffés. Son habillement décontracté n'enlevait rien aux proportions graciles et fermes de son corps.

– André, dis bonjour à la fille du pasteur.

Il bégaya une réponse, ouvrit la boîte de carton et entreprit de déchirer sa cuisse de poulet. Dorothée, elle, commença par la salade de chou.

– André, tu ne trouves pas que la fille de ton pasteur a de beaux yeux ?

– C'est vrai.

– Je ne pensais pas que c'était possible d'avoir les yeux aussi clairs.

Les adultes se mirent à parler de l'Église du Souffle. On avait franchi le cap des deux mille membres. Bientôt, ils seraient trois mille, puis quatre mille. Salomon se réjouissait, mais il ne voulait pas s'enthousiasmer trop vite. Ces calculs ne parlaient que de la réalité matérielle de l'assemblée, et Dieu se méfiait de la logique des nombres.

Le repas se poursuivit en silence. Les adultes découpaient leur poulet avec leurs ustensiles, tandis qu'André utilisait ses doigts.

– J'ai entendu dire, déclara Robert, que vous teniez des réunions secrètes durant la semaine.

– Ces réunions n'ont rien de secret, nous les organisons pour nous ressourcer, corrigea Rachel en se versant un autre verre de limonade.

– Vous savez qu'on croit en Dieu, ajouta Maman, mais si vous pouviez nous aider... Ça fait un bout de temps qu'on essaie d'avoir un deuxième enfant. Jusqu'à maintenant, ça n'a pas fonctionné. Vous croyez que le Seigneur veut nous en empêcher ? Peut-être qu'il n'est pas d'accord...

À ces mots, Salomon se tourna vers elle et lui prit les mains.

– Votre famille a l'air forte et saine. Personne n'en doute. Béni soit le Seigneur !

– On est allés voir le docteur, renchérit Robert. On a fait des tests. Les médecins nous ont dit que Sarah était stérile. Selon eux, il n'y a rien à faire.

Le pasteur s'emporta, pestant contre ces gens en sarrau et leurs méthodes vulgaires.

– Depuis le temps que nous prions pour les couples, Dieu nous a révélé que Jésus fait mentir la science. L'amour du Seigneur est plus puissant que la nature. Regardez ma fille : on nous avait dit qu'elle était atteinte d'une maladie incurable, mais la puissance de la prière l'a sauvée ! Si vous venez à notre réunion spéciale, je vous garantis que vous recevrez une réponse à vos besoins. Vendredi, j'irai mener Dorothée chez vous. Elle gardera André. Elle est très responsable, soyez-en certains. Après ça, vous serez libres de venir à la réunion de prière.

Dorothée détacha un mince filament de sa cuisse de poulet avant de le tremper dans sa sauce.

– Je ne sais pas comment vous remercier. Quand vous nous avez approchés pour manger avec nous, j'ignorais que vous pourriez nous aider à avoir un enfant. Un enfant tombé du ciel.

– Nous ferons tout pour aider l'Église du Souffle.

Après le repas, Rachel et la mère d'André jetèrent les restants et les déchets, alors que le pasteur emmenait Robert au salon pour discuter de musique. Salomon avait l'idée d'écrire un nouveau chant intitulé *Vers les étoiles*. Robert trouvait le titre très beau.

André était resté seul à table avec Dorothée et il ne trouvait rien à lui dire. Elle proposa de l'installer sur le Nintendo. Les adultes n'allaient pas tarder à entamer leurs affaires, ça allait devenir un peu ennuyant.

– Maman, est-ce que je peux aller avec André au sous-sol ?

– Pas de problème, ma chérie.

Les deux pères s'étaient rapprochés front contre front dans une discussion intense. Salomon tenait les mains de Robert entre les siennes. « Regarde-moi. Regarde-moi dans les yeux, Robert. »

Un téléviseur était installé face à une causeuse, entre quatre murs blancs. La future gardienne d'André plaisanta, disant qu'elle avait un jeu qui allait lui faire éclater le cerveau. Elle brancha la console et inséra une cartouche dans la fente. Le jeu s'appelait *Space Breakout*. Dorothée refila la manette au garçon.

– Si tu as besoin de quoi que ce soit, je vais être à côté. Tu as juste à frapper.

André démarra une nouvelle partie. L'histoire commençait dans une prison galactique, une forteresse spatiale. Il se réveilla dans une cellule sans aucun équipement. Trois gardes effectuaient une ronde de l'autre côté des barreaux. Il se mit à chercher des indices, mais ne parvint pas à trouver le moyen de se libérer. Tout en jouant, il ne cessait de jeter des coups d'œil par-dessus le dossier de la causeuse. La porte de la chambre de Dorothée était entrouverte. Il s'en échappait un faisceau de lumière pêche.

Au rez-de-chaussée, les prières des adultes gagnaient en intensité. Il monta l'escalier à pas feutrés, parvenant discrètement à les observer sans être repéré. Maman se balançait debout, retenue par les trois autres qui la maintenaient en place, les mains sur son dos, ses épaules et ses bras. Salomon appuyait sur sa tête, lui bouchait les yeux, et chacun des mots qu'il prononçait secouait la femme de convulsions. Ce n'était pas sa faute à elle. Le Seigneur allait lui faire un cadeau, il allait lui faire un cadeau ! André redescendit les marches aussi silencieusement qu'il les avait montées. Il s'approcha de la chambre de Dorothée et passa la tête dans l'embrasure. Une jambe nue se déplia sur la couette ; des doigts en caressaient le galbe.

– Entre.

Des vêtements étaient éparpillés sur le sol, et dans un coin s'entassaient des livres jetés pêle-mêle. Elle l'invita à s'asseoir à côté d'elle, sur le matelas. Sur la table de chevet, plusieurs flacons de pilules étaient alignés.

– Ton père a dit que tu avais eu une maladie incurable. C'était quoi, au juste?

– Il y a deux ans, une anomalie dans mes gènes s'est déclarée. Cela a affecté mon système sanguin. Les médecins appellent ça l'hémoglobinurie paroxystique nocturne, ou HPN. Les particules de mon sang se régénéraient mal à cause d'une faiblesse dans leur membrane.

– C'est pour ça que tu ne vas pas à l'école?

– Je ne suis jamais allée au public. Je fréquentais encore le pensionnat quand j'ai appris la nature de ma maladie.

Peu après le diagnostic, elle avait commencé à détester profondément l'école. Elle se sentait tout le temps fatiguée, et les rendez-vous avec les infirmières et les spécialistes avaient achevé de l'épuiser. Son anémie empirait, rendait sa peau d'une pâleur cadavérique. Des douleurs abdominales la faisaient uriner un fluide foncé. Au sein du dortoir, les autres filles la fuyaient; personne ne voulait être l'amie d'une condamnée à mort. Quand son foie avait contracté un ictère à cause d'une dégénérescence de son hémoglobine, Dorothée avait été hospitalisée pendant une période qui lui avait paru interminable. C'est alors qu'elle avait tenté de mettre fin à ses jours – elle lui montra la longue cicatrice sur son poignet, parallèle à ses veines –, mais le Seigneur lui avait envoyé un signe, une chance inouïe à saisir, qui lui avait insufflé la motivation de vivre.

On l'avait ensuite transférée en psychiatrie, dans l'aile de haute sécurité, pour l'empêcher d'essayer de se suicider une deuxième fois. Là, on l'avait gavée de pilules et de sédatifs, malgré l'interdiction formelle de son père.

Dorothée avait employé tout ce temps à prier le Seigneur, à demander la guérison. Progressivement, son état s'était amélioré, ses globules rouges avaient recommencé à fleurir dans ses vaisseaux sanguins et son système immunitaire s'était renforcé. Les spécialistes ne comprenaient rien à cette guérison miraculeuse, car il s'agissait bien d'une intervention divine. L'HPN était reconnue comme un mal incurable. Dorothée leur avait fait la démonstration que, parfois, les pronostics de la médecine se révélaient faux.

Elle avait ensuite décidé de finir le secondaire le plus vite possible. Ses résultats avaient toujours été moyens, mais elle avait découvert que son intelligence s'améliorait en même temps que son état de santé. Elle était parvenue à sauter une année, puis deux, grâce à ses performances. Elle se vantait d'avoir réussi les niveaux quatre et cinq en quelques semaines, en suivant des cours à distance. Des A partout, en français comme en mathématiques. Ses anciens professeurs étaient des minables ; ses ex-camarades de classe, des cons morbides. Dieu la guidait dans ses raisonnements, lui procurait une acuité nouvelle.

Elle s'approcha d'André; leurs épaules se touchèrent.

– Je t'ai beaucoup observé à l'église ces dernières semaines. Tu es différent. Toi aussi, tu comprends des choses que les autres ne comprennent pas. Toi aussi, tu perçois des choses que personne ne saisit.

– Je ne vois pas de quoi tu parles.

Dorothée lui caressa la joue, approcha ses lèvres des siennes. À l'étage supérieur, un cri inhumain déchira les prières.

Dorothée poussa André hors de son lit. Le garçon se précipita sur la causeuse et reprit la manette de Nintendo. Du salon parvint la voix énervée de Maman.

– André! Monte ici tout de suite!

Il regagna le rez-de-chaussée à la course. Ses parents semblaient terrassés par la fatigue.

– Le Seigneur a été été bon pour vous, répétait Rachel à Maman.

– On est ravis d'avoir vécu une telle expérience.

– Ce n'est rien comparé à ce qui vous attend vendredi prochain. Ce soir, c'était une simple préparation, proclama Salomon.

Il invita la mère d'André à lever les bras, l'aida à enfiler son manteau.

– D'ici là, continuez à faire l'amour. Vous finirez par avoir l'enfant que vous désirez tant.

AU RUISSEAU

La berline s'enfonçait entre deux champs boueux. Une rangée de peupliers barrait l'horizon, longs fouets tendus vers les extrémités retranchées du jour. Robert alluma les phares et se pencha vers le pare-brise en plissant les yeux. À une jonction s'élevait une croix de chemin marquée d'un rosaire, à partir de laquelle une route en terre s'enfonçait au creux des boisés. Les arbres serraient le passage de près.

De petites maisons apparaissaient de temps en temps, roulottes aux fenêtres remplacées par des panneaux de plastique ou de contreplaqué. Les lumières étaient faibles dans les logis où des formes de vie floues, indiscernables, s'animaient. Le hameau se terminait par un portail métallique dont la grille avait été laissée ouverte. Au bout de l'allée, devant une maison de bois à la peinture écaillée, trois voitures étaient garées.

Rachel accourut à leur rencontre. Elle embrassa Robert, puis baisa les joues de sa femme en l'appelant sa sœur. Salomon les fit pénétrer à l'intérieur.

– Où en êtes-vous rendus avec la promesse du Seigneur?

Robert regarda par terre, gêné.

– Nulle part. On a pourtant essayé plusieurs fois.

– Vous avez fait l'amour?

– Sans arrêt.

– Dans ce cas, il faudra s'en remettre à Dieu.

Salomon les mena à une cuisine rustique donnant sur une porte verrouillée par un cadenas. La pièce reposait dans la pénombre. Une odeur de terre noire flottait, dissimulant un effluve rance.

Ce qu'ils allaient voir devait demeurer secret, les avertit Salomon. À l'Église du Souffle, plusieurs donneraient cher pour avoir accès à ce lieu. Il saisit une clé en fer forgé et l'enfonça dans la serrure.

Une fois franchi le chambranle, le plancher s'arrêtait net. On l'avait défoncé. Le plafond aussi avait été arraché, exhibant les solives du toit. Un escalier de fortune descendait jusqu'à la cave, dont le solage de ciment avait été excavé. La terre s'enfonçait légèrement en entonnoir jusqu'à un affleurement rocheux, lisse et brillant d'humidité.

David Salomon s'engagea dans l'escalier et les invita à le suivre. Rachel alla rejoindre un grand Noir vêtu d'une toge blanche, avec une guitare en bandoulière, ainsi qu'un autre couple, lui aussi vêtu de toges. Sarah posa le pied sur la première marche, mais son talon haut vacilla. David Salomon retint sa chute, attrapa sa main au vol et l'aida à descendre sur la terre battue.

Le jeune Noir se présenta. Il s'appelait Moussa Gabu. Il assurait la louange durant les réunions jeunesse.

– Voici vos toges.

Elle enfila le vêtement, tout comme Robert, qui avait l'air un peu stupide habillé de la sorte.

L'autre couple était demeuré en retrait. L'homme s'appelait Guy Lesage, directeur des louanges à l'Église du Souffle. Claire, son épouse, chantait comme choriste dans le sanctuaire.

Le pasteur Salomon s'approcha du roc, désigna un trou pratiqué dans sa surface. Il en émanait une odeur dégoûtante, un relent de pourriture. Avec une lampe de poche, il éclaira le fond, d'où leur parvenait un bruit d'écoulement. Un souterrain avait été creusé plus bas, accessible par une échelle en aluminium. Un à un, ils descendirent.

Sarah avança à tâtons, penchée sous le plafond bas, guidée par le faisceau de la lampe de poche du pasteur. La surface des murs en terre était lisse comme du métal, soutenue sans poutre ni ciment.

Le dénivelé se prolongeait sur une vingtaine de mètres, avant de stopper sec devant une voûte rouillée. Salomon choisit une autre clé ancienne de son trousseau, l'inséra dans la serrure. Le père d'André, aidé par les autres hommes, poussa de son épaule contre la cloison, qui s'écarta en grinçant.

Des eaux bouillonnantes émettaient des vapeurs sulfureuses qui levaient le cœur. Sarah demanda pourquoi ils étaient venus ici, près de cet égoût. David Salomon leur expliqua que cet endroit était bien particulier. L'odeur qu'ils respiraient provenait d'une source chauffée par une veine de magma, dans les entrailles de la Terre. Le puits était d'une profondeur d'au moins vingt mètres. Une caverne naturelle avait été creusée par le ruisseau qui s'écoulait dans une fente, générant une écume jaune aux effluves nauséabonds.

Salomon proposa de commencer la réunion. Guy Lesage prit une torche qui reposait dans un anneau fiché au mur. Il alluma le flambeau, et leurs ombres se mirent à danser sur les parois de la grotte. Salomon éteignit sa lampe de poche et sortit sa bible de sous sa toge. Il leur lut un des passages les plus connus de l'Évangile.

– «Car Dieu a tant aimé le monde qu'il a donné son fils unique, afin que quiconque croit en lui ne périsse point, mais qu'il ait la vie éternelle. Dieu, en effet, n'a pas envoyé son fils dans le monde pour qu'il juge le monde, mais pour que le monde soit sauvé par lui. Celui qui croit en lui n'est point jugé.»

Tout le monde citait sans cesse Jean 3:16 et Jean 3:17, mais peu incluaient le verset suivant,

Jean 3:18, qui comportait beaucoup de non-dits: «Celui qui croit en lui n'est point jugé.» Celui qui reconnaissait Jésus comme le fils de Dieu échappait au jugement, mais celui qui ignorait le sacrifice de l'agneau était condamné à être jeté dans le lac de feu.

Il avait fallu beaucoup de temps à Sarah pour concevoir que des inconnus allaient aboutir dans les flammes éternelles de l'enfer. Elle avait très peur de cette éventualité. Ce qui faisait de Dieu un être terrible, c'était son amour irréductible, sans partage, rempli de jalousie.

La guitare de Moussa émit une première note. Claire entonna un cantique dont les paroles avaient été tirées de l'Épître aux Éphésiens:

Marchez dans l'amour
Comme il vous a aimés.
Personne ne peut vous tromper
Ni vous séduire.
Autrefois ténèbres, maintenant lumière:
Réveille-toi, toi qui dors!
Lève-toi d'entre les morts.

Les membres de la cellule reprirent le cantique et formèrent un cercle rapproché autour de Sarah. Robert mit sa main sur son épaule, tandis que Salomon lui posait la main sur le front.

– Seigneur, dit-il avec force, cette femme, à cause d'un esprit maléfique, est incapable d'avoir un enfant et de connaître les joies de la grossesse. Brise les chaînes qui retiennent le bébé ! Fais naître cet enfant qu'elle a déjà en elle ! Alléluia ! Envoie tes anges dans son ventre afin d'écraser l'ennemi terré au fond de ses entrailles et permets à ce grain de vie de s'épanouir en fœtus ! Amen !

Leurs mains accentuaient la pression sur son corps. Tous se mirent à parler en langues, débitant des paroles incompréhensibles. Salomon attendit que les prières perdent de leur intensité pour annoncer qu'il ne restait désormais qu'une chose à faire : Sarah devait s'accroupir au-dessus du ruisseau. Elle lui demanda ce qu'il voulait dire. Elle avait bien compris : pour que l'esprit envoyé par le Seigneur accomplisse son œuvre à l'intérieur de ses entrailles, elle devait laisser la source de la Terre l'envahir et arroser la source d'un jet de vie brûlant.

Robert s'interposa. S'ils le voulaient, il pouvait uriner à la place de sa femme. Salomon hocha la tête d'un air navré. Il fallait que ce soit le jet de la mère qui arrose la source de vie. Elle trouvait cette exigence obscène, mais les membres de la cellule la fixaient avec une mine si sévère, si peu engageante qu'elle eut peur de paraître lâche.

Elle souleva sa robe jusqu'aux genoux et s'accroupit au-dessus des remous sulfureux en réprimant une envie de vomir. Gabu recommença à jouer les mêmes quatre accords, et tous se remirent à prier et à louer le Seigneur.

À travers les vapeurs, elle aperçut Robert, les yeux fermés, et eut pitié de lui. Elle retira sa petite culotte en se concentrant sur sa tâche. Ce n'était pas si simple. Avec les autres alentour, sa région pelvienne était contractée, mais l'étourdissante odeur commençait à faire son œuvre. Sa vessie se détendit d'un jet brûlant qui fusa de son méat. Ses yeux virèrent aussitôt au blanc, son visage se crispa en une grimace de frayeur. Son esprit se délia : elle se mit elle aussi à parler en langues, proférant des paroles grotesques qui la remplirent d'allégresse.

Dans un geste solennel, Salomon posa la main sur le front de Sarah et exhorta le Seigneur à tout prendre en elle de façon définitive. À travers la paroi de la grotte, elle aperçut quatre étoiles étranges regroupées en losange. Avant de s'évanouir, elle s'entendit débiter cette dernière phrase : « De ce qui pourrit jaillit la vie. »

Dorothée renversa les livres d'école d'André sur la table de la cuisine et s'empara de son agenda, qu'elle ouvrit à la date du jour, énumérant la liste de tâches : « Mathématiques : page 110, exercices 1 à 6. Géographie : océans, fleuves et rivières. Histoire : lire le chapitre sur la découverte de l'Amérique et le début de la colonisation, et ajouter les exercices. »

André commença par les exercices de géométrie en renâclant. Dorothée lui demanda ce qui clochait. Il lui montra la page, qu'elle parcourut de biais. Elle prit un crayon et se mit à la tâche. Ses formules s'alignaient rapidement sur les fines grilles. En quatre minutes, elle avait fini. Les réponses aux équations se succédaient sans trace d'hésitation, identiques au corrigé.

– Ils vont se rendre compte que ce n'est pas mon écriture.

– Alors, tu effaceras mes réponses pour les recopier par-dessus.

Il sortit une carte partiellement colorée sur laquelle reposaient des espaces blancs désignant les mers et les plus importants cours d'eau du globe. Elle pointa une à une les cases vides et lui indiqua les noms. Dorothée connaissait toutes les bonnes réponses. Il n'avait pas à penser, seulement à transcrire ce qu'elle lui dictait.

– On a presque fini. Maintenant, sors ton livre d'histoire.

Il lui expliqua qu'en classe, ils avaient survolé le Paléolithique, l'Antiquité, le Moyen Âge, la Renaissance. Ce semestre, ils apprenaient l'époque de Christophe Colomb et des grands explorateurs, la découverte de l'Amérique. Dorothée lui arracha son manuel des mains, lut quelques paragraphes.

– En fait, il se trouvait ici tout plein de populations différentes. Les Inuits, les Abénakis, les Algonquins, les Attikameks, les Cris, les Hurons, les Malécites, les Micmacs, les Mohawks, les Montagnais, les Naskapis... Chacune de ces nations avait ses coutumes, son langage, ses légendes, des visions du monde différentes aussi. Toutes vénéraient les animaux qu'elles mangeaient et adoraient à leur façon le ciel.

– Mais les Autochtones se sont adaptés, non? Ils sont devenus comme nous.

– Pour ce qui est resté d'eux, oui, ils se sont conformés aux dogmes de l'Église catholique. Tu as déjà entendu parler de la fois où Jacques Cartier a accosté à Gaspé?

– Oui. Il a planté une croix.

– En disant aux habitants qu'il s'agissait d'une borne pour retrouver son chemin. Mais en vérité, il prenait possession du territoire au nom du roi de France ! C'est toujours comme ça quand un peuple en rencontre un qui est plus évolué : il se fait infiltrer, puis détruire par le mensonge. Le mensonge mène le monde entier. Le mensonge est ce qui fait avancer l'Histoire.

Elle se mit à raconter le début des temps anciens, avant les civilisations.

– L'histoire de l'univers est tellement plus riche et complexe que ce qu'on nous enseigne. Nous sommes nés dans l'espace infini, à la suite d'une collision cosmique. Au début de son existence, la Terre n'était qu'un océan de magma et de métaux fondus. À force de chauffer, ces métaux se sont évaporés en altitude jusqu'à former une atmosphère précaire. Quand ces gaz lourds se sont suffisamment condensés, une pluie de minéraux a commencé à s'abattre sur notre planète. Le premier orage. Une véritable douche de feu liquide. Ça a duré mille ans. Après l'orage de feu, cette pluie de métaux liquides s'est solidifiée à la surface de la lave, formant la base originaire des continents. Le sol sur lequel toi et moi on marche : la lithosphère.

– Ça contredit la Bible. Selon la Genèse, la Terre a été créée en sept jours.

Elle lui rétorqua que la Bible était un livre écrit par des gens versés dans les disciplines et les rituels anciens et que, comme pour tout autre livre sacré, sa compréhension exigeait d'utiliser le langage à des fins mystérieuses, un art perdu qu'elle ne comprenait pas encore tout à fait, mais dont elle tirait l'intuition que les mots et les expressions permettaient de traverser la matière.

André ne comprenait pas bien où elle voulait en venir. Ou bien elle croyait à ce que la Bible racontait, ou alors elle était une athée, une menteuse qui faisait semblant d'aimer Jésus pour faire plaisir à son père.

– La Bible doit être vraie, dit-elle. Ça dépend seulement de notre manière de la lire. Tout le monde interprète la Bible comme il l'entend, parce que nous sommes des êtres humains. Imagine Dieu, maintenant : il est capable de voir toutes ces réalités individuelles en même temps. Il est supérieur à la matière, alors il traverse le temps sans jamais prendre de forme – sauf que, parfois, comme les gaz chargés de métaux lourds, sa présence se condense. Il peut alors adopter n'importe quelle apparence, et nous pouvons le percevoir, même le sentir, le toucher.

– Justement, ça me fait penser... Viens avec moi, j'ai quelque chose à te montrer.

Il conduisit la gardienne à son lit, l'orienta face à la fenêtre. Elle contempla la maison abandonnée, dominée par la rangée de pylônes.

– Tu vois ces quatre étoiles ? Juste là, au-dessus de la ligne à haute tension ? L'autre jour, un point rouge est apparu au centre.

– Tu te demandes ce que c'est ? Je parie que tu y penses tout le temps : est-ce que c'est mon imagination ou y a-t-il vraiment quelque chose dans le ciel ? Si je t'en donnais l'occasion, aimerais-tu connaître la vérité ?

Sans attendre sa réponse, elle se précipita dehors sans manteau. Il tenta de la rattraper, mais elle avait pris de l'avance.

Elle l'emmena dans le champ en friche, de l'autre côté de la rue. Ils pataugèrent dans la boue et les quenouilles mortes du fossé, gravirent le remblai et s'enfoncèrent entre les deux rangées d'herbes. Les plus hautes tiges arrivaient au menton d'André. L'humidité glaciale de la nuit d'automne le faisait frissonner.

Parvenue au milieu de la spirale, Dorothée se retourna, l'empoigna par le collet et le plaqua au sol. L'eau pénétrait à l'intérieur de ses sous-vêtements. Elle défit sa boucle de ceinture, baissa sa fermeture éclair, trouva son pénis et le saisit, petit sexe sans poils transi de froid. Terrassé, il la regarda palper son gland, caresser son scrotum du bout des doigts.

– Je sais à quoi tu penses, depuis le début.

En maintenant André au sol, elle mit son pénis dans sa bouche. Il sentit qu'elle accélérait la cadence, donnant de petits coups secs. Dans son bas-ventre, une sensation de plaisir se concentra, il se crispa de jouissance. L'orgasme envoya une giclée de sperme qu'elle aspira avec délice.

Dorothée lui demanda s'il avait aimé sa première expérience. André était honteux, encore sous le choc de cette première communion avec le sexe.

– Maintenant, suis-moi sous les arbres.

Elle s'éloigna d'André et fonça parmi les herbes, coupant à travers la spirale.

Il la rattrapa au bout du quai flottant. Le courant de la rivière les berça, et Dorothée prit la main d'André dans la sienne. La constellation du losange s'était rapprochée de la ligne à haute tension, plus brillante que jamais.

– Il n'y a rien à voir, protesta André. Viens, on rentre. J'ai froid.

Elle dénoua la corde qui retenait la chaloupe au pieu et s'installa avec les rames. André s'assit sur le deuxième banc et tira la corde à l'intérieur. La fille du pasteur se mit à ramer de façon énergique. L'embarcation s'éloigna de la terre ferme.

Dorothée maintint le cap vers l'autre rive. À l'est, le pont illuminé projetait ses faisceaux à la surface des ridules. Les pylônes se rapprochaient à chaque mouvement de rames, puis la coque cogna contre le fond. Ils mirent pied à terre et tirèrent le bateau sur la berge.

– Regarde.

Un cercle de feu se détachait du ciel. L'objet était immense, strié de fentes rouges. André scruta le visage de sa gardienne. Pour la première fois, il la trouva laide, repoussante. Ses yeux s'étiraient sur le côté en larges globes fluides, sans pupille. Des yeux d'insecte. Sans remuer les lèvres, elle le regarda de biais, puis imprima ces mots en lui : *Tu viens ?*

PARTIE II

Or moi, je vivais autrefois sans la Loi, mais
quand est apparu l'interdit,
le péché s'est remis à vivre. Et moi, je suis
mort.
Et en moi, l'interdit, fait pour la vie,
devint instrument de mort.

Romains 7:9

DOCTEURS

La neige tombait dans la cour intérieure du Centre. Une bordée s'amassait en travers du châssis. Les patients occupant cet étage n'avaient pas accès à l'extérieur sans surveillance. On l'avait placé à part des autres, en isolement. Aucune chance de retourner parmi eux. De toute façon, il n'aimait pas qu'on le mette avec ces idiots. Le docteur Plante l'avait dit aux infirmières : André représentait un cas spécial. Il fallait adopter une approche constructive avec lui.

– Raconte-moi encore ce que vous avez fait ce soir-là, toi et ta gardienne.

– On a fait mes devoirs.

– Oui, et vous avez parlé de l'Église.

– C'est ça.

– Et entre le moment où vous avez fait tes devoirs et celui où tu t'es réveillé le lendemain, tu ne te rappelles toujours rien ?

Depuis le début de leurs rencontres, il avait répondu aux questions du docteur Plante de manière vague. À force de raconter la même version des faits, son histoire avait commencé à souffrir d'inévitables contradictions, fournissant au psychiatre des détails significatifs à propos de son amnésie.

– Tu me disais que vous aviez parlé de Dieu aussi.

– Oui, je pense que nous avons parlé de lui.

– Crois-tu que Dieu existe?

– Je ne vois pas le rapport.

– Si Dieu existe, alors il y a le diable. Dirais-tu que le diable existe, André?

– Je n'ai pas été kidnappé par le diable.

Dehors, la neige recouvrait toute surface. La cour intérieure du Centre reposait sous une couche de blanc immaculé. André ressentait un léger étourdissement. L'intérieur de sa jambe picotait aussi, dans la région du mollet. Il se pencha pour se gratter, un tic nerveux que le docteur Plante nota dans son dossier. Ses lunettes augmentaient la taille de ses yeux, toujours affairés à balayer de droite à gauche comme si les murs les écoutaient.

– Ce n'est pas ce que je voulais dire. Je désire seulement savoir ce qui est vrai pour toi, dit le psychiatre.

– Dieu n'existe pas. Le diable non plus. *Eux* oui.

– Eux? Qui ça, eux?

André fondit en sanglots en se cachant le visage.

– Je ne sais pas. Je ne sais pas, j'ai oublié, tout oublié.

Après la consultation, les préposés le ramenèrent à sa chambre. Une infirmière lui tendit une pilule ovale et un grand verre d'eau. Il goba le médicament, but le verre au complet. Elle le coucha en le bordant d'une voix douce, avant de partir en prenant soin de verrouiller la porte. La fenêtre était désormais obstruée par la neige ; il imagina que c'était un hublot. Il dormait au creux d'un sous-marin immergé dans une mer laiteuse.

Quelques jours plus tard, le docteur Plante lui présenta un spécialiste en neurologie, qui déclara vouloir le soumettre à un examen d'imagerie.

– Mon collègue m'a fait savoir que tu es frappé d'amnésie. J'ai déjà eu des patients qui avaient oublié des choses très importantes. Le docteur Plante et moi pensons que ton problème est peut-être d'ordre physiologique. Le scanner cérébral va nous permettre de voir si ton cerveau a subi une lésion. Ou bien s'il y a autre chose d'anormal.

Il s'exprimait avec un léger accent russe dans un français impeccable, quoique dépourvu de virgules.

– Ce que le docteur Jdanov veut dire, expliqua le psychiatre, c'est que nous allons pouvoir observer réellement ce qui se passe dans ta tête et peut-être découvrir la source de ton traumatisme.

Dans une salle spéciale, on avait allongé André sur une plateforme coulissante qui pénétrait au centre d'une machine circulaire. Un technicien lui injecta un agent de contraste qui allait augmenter la réceptivité de son organisme.

– Nous allons activer les rayons X une fois que tu vas être à l'intérieur. Ils vont produire un champ magnétique qui va traverser ta tête. Notre programme est capable de reconnaître la différence de pulsation entre tes différents tissus pour produire une image interne de ton cerveau.

Le technicien lui laissa entre les mains le bouton d'alarme qu'il pourrait utiliser en cas de panique et lui rappela qu'il devait se tenir tranquille durant tout l'examen.

La plateforme le fit glisser à l'intérieur du tunnel. Une légère vibration envahit la plaque. Le scanner émit un premier bruit aigu qui se répercuta à travers les parois, et l'habitacle vrombit au son des aimants rotatifs. André avait l'impression de reposer au cœur d'une turbine. Il ressentait une brûlure au niveau du mollet, comme si on lui tâtait le nerf avec une aiguille chauffée à blanc, mais il ne pouvait pas atteindre cette partie de son corps. La douleur augmenta en intensité, puis se dissipa, laissant place à une lourdeur entre ses deux oreilles.

Quand la plateforme ressortit du tunnel, sa tête pesait une tonne. Il demanda si l'expérience avait fonctionné. Le technicien s'avoua consterné. On allait procéder à des réglages pour voir s'il ne s'agissait pas d'un problème technique, mais jamais il n'avait vu pareil phénomène : l'écran apparaissait complètement noir. C'était comme si son cerveau émettait une fréquence pour brouiller le signal.

André ressentait toujours cette sensation de picotement lui chauffer l'arrière de la jambe, mais il résolut de n'en parler à personne.

Les préposées finirent par apprendre que l'organisme d'André arrivait à repousser les ondes électromagnétiques. Elles prirent donc l'habitude d'enfiler des gants avant de le toucher. Il accepta leur superstition et les traita dorénavant comme un prisonnier de haut rang considère ses gardiens : avec froideur et mépris.

Sur la peau de son mollet, il y avait une cicatrice formée de deux lignes fines et blanches. Il en caressait parfois la jonction lorsque la croix se remettait à brûler. Personne ne l'avait encore ausculté à cet endroit. Il se demanda ce qu'on trouverait si jamais on ressentait l'envie d'examiner cette marque.

Par un matin ensoleillé, on le conduisit au bureau du psychiatre, où l'attendaient ses parents. Elle portait un jean bleu délavé et un chandail en laine blanche. Robert le serra dans ses bras.

– J'ai tellement hâte que tu reviennes à la maison, mon gars.

La rencontre porta d'abord sur les résultats du scan cérébral. Pour une raison technique, la machine ne fonctionnait pas avec lui. Impossible d'avoir une carte de son cerveau ou de comprendre sa perte de mémoire.

Le psychiatre leur demanda la permission d'employer une méthode plus expérimentale. Même si ça ne fonctionnait pas avec tous les patients, ce type de thérapie s'avérait absolument sans danger.

– Si on vous laisse essayer, vous promettez de l'autoriser à sortir la semaine prochaine ? demanda Maman. Vous nous avez dit qu'il était en parfaite santé, après tout.

– Oui, je crois que ce sera possible. Mais j'ai besoin de vos signatures sur ce formulaire afin d'entamer les démarches.

Ils avaient signé leurs noms.

Le lendemain, on annonça à André qu'il allait recevoir une nouvelle visite : David Salomon lui-même était venu s'enquérir de son état. L'adolescent demanda des nouvelles de Dorothée.

– Elle va bien. Nous avons parlé de toi aujourd'hui.

– Est-ce qu'elle a hâte de me revoir ?

– Comme tout le reste de notre Église. Ta disparition a soulevé un vif intérêt parmi les fidèles.

Il y en a même qui croient que tu as rencontré les anges de Dieu.

– C'est gentil de leur part...

Salomon sortit le Nouveau Testament rose d'un sac en tissu.

– Qu'est-ce que vous faites avec ça ?

– C'est ton père qui me l'a donné. Il est très soucieux de la foi de son fils, tu sais. Je l'ai feuilleté un peu. J'ai vu que tu avais souligné certains passages, surtout dans l'Apocalypse. Ce sont des choses qui t'intéressent, pas vrai ?

– La fin des temps, c'est pour bientôt, non ?

– Très bientôt. Le Messie reviendra parmi nous, il sauvera l'humanité. Il redonnera la foi à ceux qui l'ont perdue, il soignera les malades, il fournira du pain à ceux qui ont faim. Il faut plus que jamais lire la Bible, se laisser guider par sa parole ; alors, les aveugles verront. Mais ce Nouveau Testament est une édition catholique et il est tout abîmé. Je t'ai apporté une vraie bible. Je me suis dit que tu devais t'ennuyer ici. Ça te fera de la lecture en attendant ta sortie. Regarde, c'est une Thompson : à chaque verset correspondent des références. Tu vas t'habituer à les lire. C'est un peu comme une encyclopédie. D'habitude, ce sont les pasteurs qui achètent cette version. Celle-là est neuve, j'en ai une pareille.

André retourna le cadeau entre ses doigts. La couverture en cuir brun était de bonne qualité.

Le marque-page avait été placé au début du livre d'Ézéchiel.

– Ne lis pas tout de suite. Attends que je sois parti.

– Vous croyez vraiment que j'ai été enlevé par les anges?

– Je ne sais pas si c'étaient des anges, mais je sais que tu as été enlevé. Quand ma fille est tombée malade, j'ai tellement prié que je n'avais plus d'espoir. J'ai cru que j'allais perdre la foi. C'est alors qu'ils sont arrivés avec une solution. Ils nous ont proposé un pacte. Je n'ai jamais hésité, tu sais. Je leur ai donné Dorothée pour la sauver.

David Salomon retroussa la jambe de son pantalon pour lui dévoiler son mollet. André lui montra aussi sa jambe. Ils comparèrent leurs cicatrices: c'était la même.

Ézéchiel, chapitre 1, verset 4: «Je regardai, et voici, il vint du septentrion un vent impétueux, une grosse nuée, et une gerbe de feu, qui répandait de tous côtés une lumière éclatante, au centre de laquelle brillait comme de l'airain poli, sortant du milieu du feu.»

La Bible Thompson recelait nombre de références croisées qui permettaient de voir au fil des versets l'intrication d'un sens caché, jamais visible, mais perceptible entre chaque mot. Dans le silence ténu de sa chambre, André se mit à lire tous les récits touchant à la prophétie. Il se rendit compte que le scénario de son enlèvement relevait d'une tradition ancienne. Le prophète était toujours celui qui, happé par une puissance supérieure, était conduit aux cieux contre son gré pour éprouver les visions de l'avenir et ensuite les transmettre aux habitants de la Terre. Durant ces lectures compulsives, le poids des mots s'affirmait en lui avec une clairvoyance redoutable. Il avait toujours été doté d'une bonne mémoire, mais dorénavant, peut-être à cause de son isolement du monde extérieur, sa concentration se décuplait. Couché sur son lit, il pouvait après avoir lu un chapitre se le réciter par cœur sans omettre une seule virgule : son intelligence s'affinait en même temps que s'affirmait son sentiment d'élection, car il y avait bien une raison pour laquelle il avait été choisi. Il devenait de plus en plus sûr d'être monté au ciel, d'avoir eu accès à des révélations de la plus haute importance.

Seulement, il ne pouvait toujours pas se rappeler ce qu'on lui avait montré. Bien sûr, des images fugaces commençaient à prendre forme, des souvenirs aberrants apparaissaient dans les angles morts de sa mémoire. Le visage de Dorothée, méconnaissable. Elle le fixait de ses yeux sans pupille, alors qu'elle ramait vers la rive où clignotait la lumière rouge au sommet du pylône, sous la constellation du losange. Il savait que quelque chose les attendait de l'autre côté de la rivière, mais la barque refusait d'avancer, retenue par une force invisible.

Lors d'une de ces périodes de lecture ininterrompue, le docteur Plante se présenta dans la chambre accompagné d'un préposé. Ils lui dirent de poser sa bible et le menèrent dans un salon à l'éclairage tamisé, quelque part dans une annexe reculée du Centre. Une femme aux cheveux gris et aux traits avenants les attendait.

– Je me nomme docteure Moore. Tu es ici parce que je crois pouvoir vaincre tes mécanismes de défense naturels et ainsi pénétrer la barrière de ton amnésie.

Bizarrement, la voix de la thérapeute lui plaisait. Sa façon de prononcer les mots produisait un son mielleux dans lequel on pouvait se laisser tomber en toute confiance. La docteure Moore lui signala qu'elle allait enregistrer la séance. André n'y voyait aucun inconvénient.

DEUX AMOUREUX

Un rayon de soleil éclairait le corps dénudé de Sarah. Sa peau était caressée par un air froid ; ses poils étaient dressés comme autant d'épines.

Elle chercha à attraper les draps pour se recouvrir, mais ses muscles refusèrent de lui obéir. Sa respiration s'accéléra, les contours de la chambre devinrent flous. Elle aperçut un point rouge, sur le mur, qui se mit à clignoter. Au pied de son lit, elle percevait des mouvements secs.

Robert ronflait à ses côtés, sa respiration bruyante soulevait sa masse à un rythme lent. Elle voulut crier son nom, mais sa langue avait une texture pâteuse. Elle ne parvint à émettre qu'un gargouillement. Il flottait dans la pièce une odeur de moisi, mélangée à un goût de fer. Elle crut un instant qu'elle hallucinait. Il devait s'agir d'un de ces épisodes bizarres où l'esprit devenait prisonnier du corps. *Paralysie du sommeil.* Elle se réveillerait bientôt pour reprendre la maîtrise d'elle-même.

Un déclic mécanique se déclencha, comme un piston dans sa colonne vertébrale. Le point rouge sur le mur se résorba à la grosseur d'une tête d'épingle, puis disparut.

Elle était couchée sous un puits de lumière rouge découpé dans un plafond métallique. Des êtres gris aux yeux noirs sans expression étaient penchés sur elle. Leurs longs doigts la touchaient autour du nombril, descendaient vers les parois de son abdomen, vers le pubis, puis remontaient jusqu'à ses seins, palpaient ses mamelons. Leur contact était froid et précis. Elle avait l'impression d'être auscultée par plusieurs médecins à la fois.

Ils introduisirent un objet sphérique dans son vagin. L'instrument, muni d'une boule rugueuse, appuya sur le col de son utérus, insérant un liquide froid qui se répandit dans tout son bassin.

Elle fut plongée au creux de limbes opaques, et c'était comme couler au fond d'une série de lacs superposés. Une larme traversa sa tempe et roula au creux de son oreille. Une voix intérieure la rassura. *Tu dois oublier,* disait-elle. *Tu dois oublier ça.* C'était la voix d'André.

Des caresses sur son clitoris la ramenèrent à la surface. Elle reprit possession de son corps et remarqua la tête de Robert entre ses cuisses. Elle se mit à rire et à pleurer en même temps, heureuse de retrouver possession de ses membres.

– Je t'aime, murmura-t-il avant d'embrasser sa vulve.

Il rompit la peau de l'orange et sépara le fruit en quartiers. Il en déposa un morceau sur sa langue, le pressa contre son palais. Le jus gicla à l'intérieur de sa bouche. Sarah dormait encore, enroulée dans les couvertures. L'absence d'André les avait rapprochés, sans aucun doute. Chaque jour, il devenait un peu plus amoureux de sa femme.

Le psychiatre leur avait expliqué qu'André n'avait subi aucune séquelle. C'était seulement sa mémoire qui avait perdu quelques morceaux. Cela ne paraîtrait sûrement pas dans son comportement à long terme. Robert avait su lire entre les lignes ; il savait que son fils n'avait rien à faire à l'asile. Si on le gardait aussi longtemps, c'était pour l'étudier, pas pour le guérir.

À l'église, le bruit selon lequel des anges de Dieu avaient enlevé André les faisait paraître importants aux yeux de la communauté. On avait même donné à Robert l'occasion de jouer dans l'orchestre. Il venait de recevoir les partitions du nouveau chant que Salomon avait inventé, *Vers les étoiles*.

Il dévora le reste de son fruit, puis descendit au sous-sol pour s'exercer. Les accords du cantique étaient simples, mais il voulait être prêt pour le dimanche suivant, quand son fils serait enfin de retour à l'église.

Une fois la basse branchée dans l'ampli, Robert tourna les clés au bout de son manche, accordant l'instrument avec soin jusqu'à ce que chaque corde rende une note juste. Il avait vraiment désiré faire partie du groupe, mais maintenant, il redoutait qu'on le force à jouer un rôle, en tant que père d'une famille unie. Il n'était pas convaincu de pouvoir faire comme si tout allait bien, comme si le monde s'aimait.

Il se souvenait encore de la fois où il avait demandé son âge à Sarah. *Seize ans, déjà une femme.* À l'époque où il l'avait rencontrée, elle occupait le poste de préposée à l'école du dimanche de leur ancienne église. Il lui laissait son fils chaque semaine. Après chaque réunion, il avait hâte d'aller le reprendre, mais c'était surtout pour la voir avec l'enfant dans les bras.

Il avait commencé à l'attendre après les réunions pour la reconduire chez elle. À l'époque, elle vivait seule avec son père alcoolique. Un type colérique et contrôlant. Robert soupçonnait le vieux d'abuser d'elle, mais pour entrer dans ses bonnes grâces, il avait préféré se taire. Il se rappelait quand il l'avait demandée en mariage. C'était venu sans réfléchir. Il l'avait fait dans la voiture, alors qu'André était dans son siège sur la banquette arrière. Elle avait jeté un regard méfiant à l'enfant. Elle voulait savoir où se trouvait sa mère. Il lui avait dit en partie la vérité : la mère d'André était morte dans un accident de la route. Heureusement, il avait trouvé Jésus. Le Seigneur l'avait guidé dans le droit chemin, mais il ne pouvait pas continuer à vivre comme ça. Tous deux manquaient d'une présence féminine. « Écoute, mon gars a besoin d'une mère. Je pense qu'André t'aime bien. Je voudrais que tu viennes habiter avec nous pour fonder une famille. »

Il avait joué la carte du bon gars, mis en avant sa bonne position à la compagnie. Il travaillait fort, il serait là pour elle. Sitôt le mariage accompli, Sarah avait changé de nom pour prendre celui de Robert. Elle n'avait jamais revu son père.

Il joua le morceau plusieurs fois sans s'arrêter. Ses doigts obéissaient à une volonté guidée par une impulsion rigoureuse et sans artifice. La vibration de la basse se transmettait aux poutres du plancher, résonnant jusque dans les tuyaux de plomberie. Cette routine dissipait le nuage noir, le sentiment inexplicable d'avoir perdu son fils. Qu'est-ce qui pouvait bien clocher avec lui? André avait été gentil, le docteur avait cru qu'il était content de les voir, mais ce n'était qu'une apparence, voilà le problème. Il leur avait joué la comédie dans le but de sortir du Centre. Il les avait manipulés, lui et les spécialistes.

Il savait que Sarah avait battu son fils plusieurs fois. Il n'approuvait pas, mais il n'avait jamais osé le lui reprocher. Elle venait d'un milieu difficile, violent même. Il fallait lui pardonner ses erreurs, comme Jésus l'avait enseigné. Elle allait finir par aimer André, par accepter que ce n'était pas un enfant comme les autres, que c'était le sien à elle aussi. Lorsqu'elle serait enceinte, les choses changeraient, et elle deviendrait une mère aimante. Il devait continuer à y croire.

Robert débrancha sa basse, éteignit l'ampli et émergea du sous-sol. Qu'est-ce que Sarah faisait? Il n'entendait plus le son de la douche. En gravissant l'escalier, il appela son nom doucement. Elle ne lui répondit pas.

Elle était dans la chambre d'André, une serviette autour du corps. Elle tenait quelque chose contre sa poitrine.

– Qu'est-ce que tu caches?

Elle sortit le tube en plastique et lui en désigna l'extrémité, où s'affichait le signe +.

LA PRIÈRE DE DAVID

Salomon lisait l'Apocalypse, calé dans le divan en cuir noir du séjour. Le rez-de-chaussée de la maison était éclairé uniquement par la lampe d'appoint.

Au chapitre 12, le garçon avait souligné les deux premiers versets en rouge : « Un grand signe apparut dans le ciel : une femme enveloppée du soleil comme d'un vêtement, qui avait la lune sous ses pieds et une couronne de douze étoiles sur la tete. Elle était sur le point de mettre au monde un enfant, et les souffrances et douleurs de l'enfantement la faisaient crier. »

Le pasteur reposa la bible d'André et monta l'escalier menant à l'étage. Toutes les lumière étaient éteintes dans le couloir. Seule la respiration de Rachel se faisait entendre. Depuis la maladie de Dorothée, il avait accepté de faire chambre à part et ne le regrettait pas. La nuit, quand il n'arrivait plus à dormir et que la voix de Rachel dans le noir l'appelait à son chevet, désespérante de solitude, il restait couché dans la pièce voisine, à prier pour que ses cauchemars finissent.

David s'allongea auprès d'elle et la caressa à travers le tissu, lui demandant d'une voix douce si elle avait parlé à sa fille aujourd'hui.

– Tu sais ce qu'elle m'a dit, ta fille? J'étais en train de prendre une douche. Elle est entrée dans la salle de bain et s'est mise à se brosser les dents. J'ai fait semblant de ne pas l'entendre. Ça ne la dérangeait pas que sa mère soit là, toute nue, en train de se savonner. J'ai écarté le rideau pour voir ce qu'elle faisait. Sa robe de chambre était écartée. Elle m'a dit d'approcher. J'ai obéi, et c'est là que j'ai vu. Le reflet, entre ses jambes! Et elle me souriait, c'était horrible... Horrible!

David sortit le flacon d'anxiolytiques de la table de chevet. D'une tape, Rachel fit revoler les pilules par terre. Il en ramassa deux et la força à les avaler. Il posa les mains sur elle et pria doucement près de son oreille. La rigidité de son corps se dissipa. Quinze minutes plus tard, elle coulait dans un sommeil chimique.

Avant, pensa-t-il, *Dieu n'avait pas de forme, mais maintenant, il y a eux.* Et eux étaient matériels, on pouvait les toucher. Il en avait la marque sur la jambe, il les avait rencontrés. La présence de Dieu l'avait quitté, cédant sa place à une angoisse persistante, incarnée par les visiteurs, à qui aucune prière ne pouvait être adressée. Salomon avait perdu l'habitude de parler intérieurement à une voix qui lui répondait, l'habitait, préférant prier par automatisme au lieu de le faire par conviction. Il préparait ses sermons, lisait la Bible pour trouver les bons passages, mais il ne ressentait plus la foi comme avant.

À genoux sur le tapis, il rejeta le monde extérieur, fixant sa concentration au plus creux de lui-même. Il appuya sur ses yeux avec force, jusqu'à ce que la douleur lui fasse pousser un cri de rage blanche, aveugle, ce néant qui avalait la plénitude. Au beau milieu de ce vide, une voix s'adressa à lui.

N'essaie même pas, tu sais que ça n'en vaut pas la peine.

Salomon trouva la porte entrouverte. Un mince filet de lumière filtrait à travers l'embrasure. Il donna deux brefs coups de jointures contre le bois. *Entre.*

Couchée sur son lit, Dorothée était en train de lire un ouvrage sur les champignons. Ses pupilles s'élargissaient au maximum, captant la lumière avec une acuité malsaine. Leur aspect pénétrant le saisit.

– Je viens de parler à ta mère. Tu devrais être un peu plus patiente avec elle.

– Pour ce que ça me coûte, je ne vois pas pourquoi je ferais semblant de l'aimer.

– Elle t'aimait mieux avant. Elle se rend compte que tu n'es plus la même.

– Je sais ce que tu crois. Tu te dis que je l'utilise. C'est vrai, et je t'utilise aussi. À propos, qu'est-ce que tu penses du passage que tu viens de lire dans l'Apocalypse ?

OPÉRATION

– André, à mon signal, tu vas soulever cette pièce de monnaie entre ton pouce et ton index, juste au-dessus de l'assiette. Lentement, plus lentement, c'est ça. Attention, ne la laisse pas tomber tout de suite, attends mon signal. Je vais compter jusqu'à trois. Tu vas sentir la pièce glisser entre tes doigts et tomber dans l'assiette. Quand tu vas entendre le son, tu vas te rappeler tout ce que tu as oublié.

– Tout ce que j'ai oublié…

– Attention, je vais commencer à compter. Prépare-toi: un… deux… trois.

Une pause, puis le bruit de la pièce de monnaie qui rebondit sur la porcelaine.

– Où es-tu?

– Je ne vois rien, c'est flou. Comme dans le brouillard, mais en plus épais – comme un nuage de ciment.

– Avance, n'aie pas peur, continue jusqu'à ce que tu rencontres quelqu'un que tu connais.

– À travers le nuage de ciment… Il y a une personne un peu plus loin. Je vois juste ses contours.

– Va la voir. Il faut absolument que tu ailles la voir. Elle détient des renseignements précieux.

– Je viens de la rejoindre. C'est Dorothée. Elle me prend la main et on marche ensemble. On vient de traverser la rue devant chez moi. On avance dans le champ. L'herbe longue est mouillée. Dorothée ne dit rien, mais c'est comme si elle me parlait en-dedans.

– Qu'est-ce qu'elle te dit?

– Il n'y a pas de mots. C'est comme une musique que je ne comprends pas, mais qui vibre dans ma tête. Ça me fait mal. Quelque part, je sais que ça va se passer.

– Il va se passer quoi?

Une pause, très longue.

– Je ne sais pas, mais ça va arriver. Je ne veux pas. Je n'ai pas le choix. Il faut que ça se passe.

– On a toujours le choix.

– Non, parce qu'elle m'oblige... Je continue à la suivre. Elle me pousse par terre, me saute dessus. Elle me tient!

La respiration d'André s'accéléra. La docteure Moore le rassura: il pouvait à tout moment se réfugier en lieu sûr. Un simple pas en arrière, et il reviendrait ici, au Centre. André cracha un mot incompréhensible avant de poursuivre son récit.

– On est plus loin.

– Où?

– Je ne vois rien. Encore le nuage. Elle est venue avec moi dans la poussière. Sa main est dans la mienne, mais je sens qu'elle est trop longue, trop osseuse. Ses doigts se mettent à caresser l'intérieur de ma paume, et le nuage disparaît lentement. Autour de moi, je commence à voir des murs. Dorothée se tient devant l'entrée d'un couloir très haut de plafond. Elle me dit qu'il faut avancer. Ils m'attendent.

– Qui ça ?

– Ceux qui conduisent le vaisseau. Je demande pourquoi ils m'ont choisi. Elle me répond : ils vont te l'expliquer, mais seulement une fois qu'on sera rendus dans l'autre pièce. Dorothée m'ordonne de ne pas avoir peur, d'avancer sans poser de questions. Je me retrouve dans une pièce ovale avec un puits de lumière rouge. Il y a une chaise mécanique au centre, comme chez le dentiste. Trois créatures à peu près de ma grandeur sont entrées, sans que je les remarque. Elles bougent très vite, puis s'immobilisent. Leur peau est grise. Comme Dorothée, elles ont de grands yeux noirs sans pupille. Elles ont des pieds et des mains à quatre doigts. J'essaie de leur parler, mais elles ne me répondent pas.

– Il y a quelqu'un d'autre dans cette salle ?

– Oui. Dans le mur du fond, il y a une toute petite fenêtre avec la tête d'un insecte qui nous observe. On dirait une mante religieuse aux yeux globuleux, avec des mandibules. Cet être-là est très intelligent. C'est un de ceux qui dirigent le vaisseau. C'est aussi lui qui contrôle les gris à distance. Ils n'ont pas de conscience, ils sont comme des marionnettes. Des esclaves.

– C'est l'insecte qui décide? Ou bien c'est Dorothée?

– Dorothée est mon escorte. C'est l'insecte qui commande. Il ordonne aux gris de m'installer sous le puits de lumière rouge. On m'enlève mes vêtements, on m'attache sur la chaise. On tire ma tête vers l'arrière, et de petites aiguilles m'entrent dans la peau du cou. Ne bouge pas, dit Dorothée. Si je bouge, ça va faire très mal. Je sens descendre une chaleur, comme si on m'avait injecté un médicament. Je me détends complètement. Je regarde vers le puits. Il a l'air sans fond. J'ai l'impression de tomber dedans. On est au centre du vaisseau. Ce puits est l'axe par lequel il se maintient stable. L'opération commence. Des machines inspectent mon corps des pieds à la tête. De minuscules décharges électriques courent en moi. On vient de m'envoyer un influx de reconnaissance pour me préparer. Deux gris insèrent un tuyau dans ma gorge. Un autre installe un objet en forme d'écouteur sur mon oreille droite. Une seringue s'approche de ma pupille, puis entre dans mon œil. Un liquide froid coule... coule à l'intérieur. Je le sens remplir mon œil, le transformer en glaçon. Dorothée intervient: «Du calme, ça va bien se passer.» Je sens ses longs doigts caresser mes cheveux. Elle me touche les yeux, le visage et la gorge.

La douleur s'en va. Je remercie mon escorte, je lui dis que je l'aime, et je suis heureux parce qu'elle m'aime aussi. C'est là qu'un bras articulé pince la peau de mon mollet. Il fait une coupure, écarte les bords de la plaie, puis une mèche entre dans ma jambe. J'entends un déclic et je sens un petit objet se loger dans mon nerf. C'est la sonde. L'implant qui leur permet de me retracer.

– Tant que je suis là, il ne peut rien t'arriver. Continue à parler. Qu'est-ce qui arrive ensuite?

– On apporte une sorte d'écran près de la table d'opération, où plusieurs points scintillent: des étoiles. Les gris pointent l'écran. Ils me demandent si je suis capable de trouver leur planète. Sans hésiter, je montre un groupe d'étoiles. C'est la constellation du losange, je l'ai reconnue. L'insecte, celui qui était derrière la baie vitrée, s'est approché. De près, il a vraiment l'air d'une mante religieuse, mais de couleur noire. Au centre de son front, je remarque trois petits yeux placés en triangle, entre ses deux antennes. Je crois qu'il s'en sert pour communiquer avec moi, car quand il me regarde, je sens quelque chose plier en moi; son intelligence dépasse celle de n'importe quel savant sur Terre, j'en suis certain. L'insecte m'explique ce qui se passe, assez pour que je comprenne. À l'un de ses gestes, le mur du fond glisse; derrière, il y a une rangée de tubes remplis de liquide transparent. Dans les tubes, des bébés déformés flottent.

Difficile de dire si ce sont des humains : ils sont juste à la moitié de leur croissance.

– Il te parle de quoi ? Des bébés dans les tubes ?

– Oui. Il me parle de… carburant. Leur vaisseau a constamment besoin de carburant, et pour ça, ils doivent produire de plus en plus de bébés. L'insecte me raconte encore d'autres choses difficiles à imaginer. Là d'où ils viennent, on peut se parler directement, sans avoir besoin de la bouche. Je lui demande pourquoi ils sont là, ce qu'ils veulent faire sur Terre, mais l'insecte refuse de me répondre. À son signal, les gris promènent un senseur sur le bas de mon ventre. Il reste une dernière chose à faire, me dit l'insecte. On écarte mes jambes en approchant un long instrument au bout arrondi. Sans ça, l'opération n'est pas complète.

UN CHEF

Le bureau reposait dans la pénombre. Sous le halo d'une lampe en verre brun, une Bible Thompson était ouverte à l'Épître aux Éphésiens. Salomon arriva à l'heure prévue.

– « Car sachez-le bien, commença le pasteur Simon, aucun impudique ou impur, cupide ou idolâtre, n'a son héritage dans le royaume des cieux. »

– « Que personne ne vous séduise par de vaines paroles », acheva Salomon.

Le soleil pénétrait en stries à travers les fentes des stores. Des voitures minuscules avançaient sur la bretelle de l'échangeur.

– Comment va Rachel?

– Elle va bien, mais la transformation de Dorothée l'affecte plus que nous le pensions.

– Je vais prier pour vous deux, tu as l'air exténué.

– Toi aussi.

Pierre Simon, le pasteur en chef, prit une gorgée de son verre de rhum plein aux trois quarts et dénoua sa cravate en soupirant. Au sein de la congrégation, tous connaissaient son témoignage, son histoire d'alcoolique repenti. Dans sa bibliothèque, derrière la biographie de Che Guevara, il gardait pourtant une bouteille de rhum cubain offerte par nul autre que l'ancien secrétaire à la Défense américaine, Robert Strange McNamara.

– Le prochain retour d'André crée de la tension parmi l'assemblée, dit-il, et tu sais très bien que ce ne sont pas des anges qui l'ont enlevé.

– Tu ne peux plus ignorer leur présence. Que tu le veuilles ou non, c'est un André différent qui va revenir parmi nous.

– Je t'interdis de répandre ce message dans mon église.

– Pierre, tu sais très bien que cette église ne t'appartient plus. Elle est maintenant leur pierre d'assise. L'endroit où ça doit arriver.

– Tu es ébloui depuis que tu as accepté de les rencontrer. Je n'aime pas ta vision. Tu fais confiance à des puissances qui te contrôlent.

– Je crois aux miracles accomplis par la main de Dieu. Ma fille est guérie : je leur rends grâce.

– Ce que tu as fait, c'est de la pure sorcellerie !

– Il est dit que les aveugles verront. Toi, tu vois un miracle se produire et tu refuses de le reconnaître. André est le nouveau Messie venu sur Terre pour nous montrer la voie.

Sur l'autoroute, les voitures continuaient de défiler à toute vitesse, transportant des hommes et des femmes incapables d'imaginer les bouleversements qui s'annonçaient. Un instant, Simon songea au visage de cette femme aperçue en rêve, à ses traits révulsés par la souffrance et au cortège d'anges qui la survolait, guettant le moment où la Grande Prostituée accoucherait d'un nouvel enfant.

– Je n'aurais jamais dû te laisser créer ton propre ministère. Tu es un allié de l'ennemi, le grand manipulateur.

– Lorsque les fidèles te demanderont pourquoi tu refuses de baptiser André, tu pourras répondre : « Parce que je crains la prophétie. J'ai peur que ce que j'ai enseigné se réalise. »

RETOUR

– André, tu as bien changé depuis la dernière fois que tu es venu ici, au Club Contact. Je me souviens encore de comment tu étais à ce moment-là. Tu ne parlais à personne. Tu ne voulais participer ni aux louanges ni aux prières. Qu'est-ce qui s'est passé avec toi ? On dirait que tu es né de nouveau.

– Beaucoup de choses, David. Disons que le Seigneur m'a ouvert les yeux.

Ses cheveux blonds étaient lissés sur son front. Il portait un polo neuf avec un pantalon kaki, un porte-nom épinglé à la poitrine.

– La plupart ne te connaissent pas encore. Peux-tu nous parler de ton histoire et de ta rencontre avec Dieu ?

Les jeunes écoutaient d'une oreille attentive, fascinés mais réticents. Ils attendaient de voir si ce qu'on leur avait raconté était vrai. André avait le pouvoir d'émerveiller par sa connaissance du monde spirituel ; ils découvraient un garçon touchant, au sourire naturel. Pour ça, il avait appris : les gens sont des éponges qui attendent d'être imbibées. Il fallait à tout prix leur plaire.

– Avant que je naisse, ma mère prenait beaucoup de drogue. Mon père a essayé de l'en empêcher. C'est là qu'elle s'est sauvée, avec moi dans son ventre.

– Et que lui est-il arrivé ?

– Un accident de la route… Une collision. Elle était cliniquement morte quand les secours sont arrivés. On a dû me sortir par césarienne.

– Lui en veux-tu de t'avoir mis en danger ?

– J'ai pardonné à ma mère biologique, même si son amour m'a toujours manqué. Heureusement, mon père a rencontré ma belle-mère, Sarah. Ils se sont mariés. C'est elle, ma vraie mère.

– Amen.

Assise dans la dernière rangée, la fille du pasteur joignit les mains et murmura une prière. La confession qu'il venait de prononcer, il l'avait répétée plusieurs fois avec Dorothée. La mise en scène fonctionnait. Les autres ne le considéraient plus comme un étranger, quelqu'un venu de l'extérieur, ils avaient baissé leur garde, prêts à recevoir la plus importante partie du témoignage.

– C'est un miracle que tu aies survécu.

– Quelque part, j'ai toujours eu l'impression de marcher dans les traces de Jésus, comme si une voix venue d'en haut me parlait pour m'indiquer le chemin à suivre. Ça venait avec des questions. J'avais peur sans aucune raison, je doutais, je refusais d'accepter la vérité, mais quand elle m'est apparue, je n'ai pas pu résister. J'ai vu une porte ouverte dans le ciel. Et une voix qui sonnait comme une trompette m'a crié: «Monte.» J'ai obéi.

Le ciel n'était pas habité par une présence impalpable, mais par une race trop avancée pour approcher l'humanité autrement que par la manipulation. La manipulation était la clé.

Depuis sa séance d'hypnose, André se rappelait tout. Après que les gris lui eurent passé la sonde anale, l'insecte l'avait emmené en compagnie de Dorothée dans une salle dotée d'un écran de commande. Il avait repéré la constellation du losange sur la carte et appuyé dessus. Le vaisseau avait été secoué. Il avait ressenti un léger vertige, comme quand un ascenseur décélère.

Nous sommes arrivés.

Une trappe révéla une passerelle qui descendait jusqu'au sol. L'air de leur planète avait une texture piquante, aux effluves à la fois métalliques et végétaux. Sous un ciel de suie, une plaine calcifiée s'étendait à l'horizon, où se dressaient les piliers d'une cité. Un essaim de soucoupes volantes survolait la ville, éclairée par un soleil malade qui tranchait la crête de crevasses emplies de bandes d'ombre.

Des gris les conduisirent hors de la zone d'atterrissage. Ils les laissèrent à l'entrée d'un pont qui menait à un gigantesque cube juché sur une pyramide à base hexagonale. De chaque côté avaient été creusées des douves, remplies de liquide clair, où flottaient des milliers de fœtus alignés en circuits. Il y en avait de forme humaine, d'autres de races non terrestres, et des espèces fabriquées à partir de croisements. Des gris surveillaient le bassin sans accorder aucune attention aux visiteurs.

Ils gravirent l'escalier menant à l'entrée du cube. Tandis qu'ils prenaient de la hauteur, un astre rouge se lança à la poursuite du soleil. Sa masse entoura l'étoile pour dévorer sa lumière, qui s'étiola en pétales. Le monde devint encore plus noir. *Nous devons nous dépêcher*, prévint Dorothée, tout en prenant la main d'André dans la sienne.

Qu'est-ce qui est arrivé au soleil?

Ils ne le savent pas encore.

Autrefois, les étoiles produites dans les collisionneurs vivaient un million d'années. Maintenant, elles ne duraient que quelques heures, aspirées par cet intrus auquel on avait donné le nom d'avaleur. André demanda comment ils faisaient pour survivre.

Ils font un soleil chaque jour.

Dorothée s'écarta du chemin, laissant passer André devant. L'intérieur du cube était recouvert de filaments blanchâtres. Ces capillaires se réunissaient en artères emprisonnant de gros cocons.

Ils longèrent une paroi de soie blanche. Dans un renflement se trouvait une petite crypte. C'était là qu'ils gardaient sa tête. André s'agenouilla. Un visage de femme était encastré dans le mycélium. Les fils envahissaient l'intérieur de sa bouche, maintenue ouverte par une boule fongieuse. La femme tenta de communiquer avec lui, le regard affolé. Ses émissions étaient faibles.

Ce que tu vois, tu dois le raconter aux gens de ton espèce.

Quand sa santé avait commencé à décliner, la reine avait conçu une prothèse en mycélium destinée à empêcher la dégénérescence de ses tissus, mais le champignon avait subi des mutations et s'était transformé en parasite. On avait dû démembrer les organes de la reine à l'intérieur des cocons afin qu'elle puisse continuer à pondre. On ne pourrait toutefois pas la garder en vie indéfiniment. Il fallait lui trouver une remplaçante.

Je vais te montrer la plus importante de ses parties : l'abdomen.

Dans une nasse envahie de fibres, une chrysalide allongée, terminée par un embout gluant, se contractait à intervalles réguliers, éjectant un œuf aux membres atrophiés qui s'agitait sous sa membrane. Une pince à ventouses saisissait l'embryon, puis le plaçait sur un convoyeur vertical qui menait aux fondations de la couveuse.

– Je me suis retourné pour voir qui me parlait. Cet être avait une forme humaine. Il portait une robe blanche avec une ceinture dorée. Sa voix avait le bruit d'une chute d'eau. Son visage était aussi aveuglant que le soleil. Je me suis couché à terre, terrifié. Il m'a touché et m'a dit de ne pas avoir peur. « Viens, je vais te montrer ce qui doit arriver après. »

– Tu as eu droit à ce dont tout chrétien rêve sans jamais l'obtenir : une rencontre avec Dieu. La même expérience vécue par Jérémie, Jean, Élie, tous ces prophètes qui ont eu accès à un message à nous transmettre à nous, les fidèles. Quelle prophétie est-ce que le Seigneur t'a montrée ?

– À un moment, le ciel a retenti d'un chant qui devenait de plus en plus fort à mesure que les anges arrivaient en nous survolant. Une femme était en train d'accoucher sur le plateau d'une balance. Elle criait et se tordait, dans les douleurs de l'enfantement. Chaque fois qu'elle mettait au monde un enfant, les anges le prenaient pour le peser sur une balance à part. Ils écrivaient son nom dans un petit livre. Douze noms, pour chacune des tribus d'Israël. Je me suis tourné vers le Sauveur, qui m'a fait promettre de dire aux gens de cette église que l'enlèvement approche. Il faut que les jeunes de cette église se lèvent.

– Nous allons voir Dieu se manifester ! renchérit Salomon.

Dorothée pleurait, ses épaules secouées de tremblements incontrôlables. Tout était calculé afin de feindre la possession d'une personne traversée par le Saint-Esprit.

– Vous êtes la dernière génération avant la fin des temps.

– Dieu est grand ! cria Dorothée.

Encouragés par l'impulsion de la fille du pasteur, plusieurs se mirent à parler en langues et invoquèrent le nom du Seigneur. Salomon se joignit à la cacophonie.

– … et qu'il trouve sa place parmi nous, au sein de cette église, afin que ta gloire rayonne sur le monde entier et que tous entendent le message !

Après la réunion du Club Contact, un petit groupe de jeunes s'amassa près d'André dans le hall. Ils le remercièrent pour son témoignage.

L'appel se termina dans le sanctuaire, éructant des flots d'adultes béats qui s'ajoutèrent aux adorateurs d'André. On voulait le voir et le toucher.

– C'est lui qui est monté au ciel.

– Il est plus petit que je pensais.

– Il est beau.

– Il ressemble à un ange.

Cependant, plusieurs diacres commençaient à le montrer du doigt. Un colosse aux tempes grises, habillé d'un complet foncé et d'une cravate rouge, imposa le silence d'un geste calme. Les voix baissèrent d'intensité. Pierre Simon, pasteur en chef de l'Église du Souffle, se présenta à André sans lui tendre la main.

– C'est toi qui aurais été enlevé par les anges? Je suis surpris. Tu as encore l'air d'un enfant.

– Laissez venir à moi les petits enfants, car le royaume des cieux leur ressemble.

Le sanctuaire se vidait en laissant échapper un nombre toujours plus grand de curieux. Robert se faufila dans la foule et passa un bras autour des épaules de son fils, essayant de l'attirer vers la sortie. Sarah était gênée de voir leur famille soumise à l'attention générale.

– Je suis heureux de rencontrer celui dont tout le monde parle dans mon église. Ton pasteur n'est pas là? Je pensais le voir avec toi. J'ai aussi appris que tu étais un ami de sa fille... Où est-elle maintenant? Elle t'a abandonné, elle aussi? Au moins, tes parents sont là. Félicitations à toi, Robert, la musique était très bonne ce matin.

– Ç'a été un plaisir, je me sens béni, vraiment.

– Et toi, Sarah, j'ai entendu dire que tu es enceinte. Félicitations pour ta grossesse. Je vais prier pour que ton enfant aille bien.

Des bruits de dispute traversèrent la grande salle, interrompant leur discussion. Aux portes de la pouponnière se créait un va-et-vient de plus en plus incontrôlable. Une dame sans âge fit irruption dans le hall en courant. Son chignon décoloré s'était défait, ses lunettes pendaient au bout de leur cordon. Un homme la suivait en la traitant de tous les noms. Une femme la saisit par le bras et l'entraîna au milieu des fidèles en l'insultant elle aussi.

– Voleuse d'enfants !

Ce matin-là, après avoir bu son café en robe de chambre sur le balcon de son quatrième étage, Esther avait enfilé sa robe grise et ses souliers de ville, mis un peu de maquillage, puis s'était rendue à pied à l'Église du Souffle, qui se trouvait à vingt minutes de chez elle.

Au commencement de l'automne, elle avait vu dans l'ordre du jour de l'assemblée que la pouponnière cherchait des préposées pour s'occuper des jeunes enfants. Elle avait donné son nom. Au début, elle croyait que ça lui manquerait de participer aux réunions dans le sanctuaire, mais la proximité des bébés la ravissait. C'était pendant les louanges, au début et à la fin des rassemblements, quand la musique faisait vibrer les parois de la pouponnière, bercée par la respiration des bébés qui agitaient leurs petites mains et leurs petits pieds en chignant pour recevoir des caresses et un peu de réconfort, qu'elle sentait avoir trouvé sa place à l'intérieur d'un vaste corps.

Dieu, même si je ne suis qu'une infime partie de toi, je t'appartiens, et c'est toi qui me diriges.

Quelques minutes avant le début officiel de la réunion, elle reçut la visite de Dorothée, la fille du pasteur jeunesse, une belle jeune femme celle-là, avec de grands yeux brillants. Elle était accompagnée d'un garçon qu'elle ne connaissait pas, un blond au sourire un peu bizarre, très beau lui aussi. Sur le coup, elle trouva que leur présence à la pouponnière était inhabituelle. N'avaient-ils pas leur propre réunion dans la chapelle?

– André va bientôt avoir un frère, alors je lui ai proposé de venir regarder les bébés. Ça ne vous dérange pas?

Elle aurait peut-être dû se montrer plus méfiante, mais Dorothée était bien connue à l'église pour son engagement dans différents ministères: c'était une des bénévoles les plus actives de la communauté. Elle avait l'habitude de se promener dans les locaux comme si c'était chez elle. Refuser quelque chose à la fille d'un pasteur paraîtrait mal. Esther ne voulait pas lui déplaire. N'empêche, la façon que cet André avait de considérer les enfants l'inquiétait. On aurait dit un animal qui rencontre un membre d'une autre espèce que la sienne.

– Ils sont beaux. Il y en a combien?

– Douze: six gars, six filles.

– Et vous prenez soin d'eux chaque dimanche, pendant que leurs parents prient?

– Oui. Je commence d'ailleurs à les connaître assez bien.

Les deux adolescents firent le tour de la salle et observèrent chaque enfant séparément. Parfois, André caressait un pied ou écartait une couverture pour toucher une bouche ; sa façon délicate de les palper ressemblait à celle d'un médecin, ou à celle d'un vétérinaire qui examine des chatons pour vérifier leur état de santé. Rien d'agressif, seulement une froideur, un intérêt scientifique.

– La réunion va commencer bientôt. Vous feriez bien de rejoindre le Club Contact.

– Bien sûr, approuva Dorothée. Les enfants ont besoin d'être tranquilles.

– Merci de nous avoir laissés les voir, Esther.

Elle ne se souvenait pas de lui avoir dit son nom. Cette politesse la troublait, comme si elle avait affaire à une personne beaucoup plus âgée qui l'observait derrière le visage du garçon.

Dorothée la rassura. Ils ne parleraient à personne de leur venue ici et ils se fiaient à elle pour faire de même. Pouvaient-ils compter sur sa collaboration ? « Oui, c'est sûr », s'entendit-elle répondre mécaniquement. Ça lui avait fait plaisir.

La musique commença à vibrer dans le sanctuaire. Esther fit sa ronde pour prodiguer tous les petits soins nécessaires, chantonnant des cantiques à voix basse. La respiration de ces êtres la berçait dans une tranquille inconscience. Dieu la voyait parmi ses enfants. Elle parlait au Seigneur comme à un ami tout près. Elle croyait que la bénédiction de se trouver ici la faisait se sentir comprise, à l'écoute, disponible. Il y eut besoin de changer deux couches et de bercer un des nourrissons ; elle se laissa pincer les doigts. *Quels beaux petits poupons ! Merci Jésus, je te rends grâce.*

Durant le sermon, elle lut l'Évangile selon Matthieu. Au début du livre, l'apôtre relatait avec beaucoup de détails le fait que le Christ était le descendant du roi David, lui-même descendant d'Abraham, qui avait pour ancêtre nul autre qu'Adam lui-même, le premier homme.

Les être humains étaient tous liés à un grand arbre. Personne ne poussait de nulle part. Tous avaient été engendrés à partir d'un tronc commun, pareils au Sauveur. Même si Jésus avait pour père le Saint-Esprit, il avait une mère de chair et d'os. *Une mère,* se dit-elle en pleurant. Douce tristesse quand le malheur se transforme en bonheur, en fontaine de joie, celle d'avoir trouvé un sens à la vie.

Surgie des murs, la musique recommença à bercer son cœur. Habituellement, il s'écoulait environ quinze minutes avant que les parents reviennent chercher leurs enfants. Elle fit une dernière ronde pour voir si l'un d'entre eux nécessitait de l'attention. Ils dormaient tous, enveloppés dans leurs langes. Elle se rassit dans la chaise berçante, ferma les yeux pour prier. La musique lui parut alors lourde et grave. Elle la sentait vibrer sous ses semelles.

Un coup sec lui fit ouvrir les yeux. Des bruits de pas et des éclats de voix lui parvenaient du hall. Elle ignorait si elle avait dormi, mais la louange continuait : ce devait être la fin de l'appel. Inquiète, Esther se leva pour aller voir comment se portaient les enfants. Elle eut alors la vision effroyable des lits vides, de l'absence de corps au creux des draps.

Une femme, la mère d'une petite fille, menaçait d'appeler la police pour dénoncer ce qu'elle déclarait être un kidnapping démoniaque. André l'interrompit.

– Si la police vient ici, nous aurons des problèmes avec la justice. On voudra empêcher nos réunions. Dieu a voulu vous envoyer un signe. Mieux vaut attendre le retour des bébés.

– Ne l'écoutez pas, s'interposa le pasteur Simon. Ce jeune est un égaré qui désire semer la discorde, parce que Satan l'inspire.

– Avant d'accuser Esther, il faudrait au moins connaître son point de vue.

– Ils ont disparu pendant que je ne regardais pas, dit celle-ci. Je ne comprends pas, personne n'est entré. Je ne peux pas le croire.

— Menteuse ! lui hurla la mère au visage. Je veux ma petite fille !

— Je sais qu'Esther dit vrai, répliqua André. Vous n'avez pas tous confiance en moi. Certains croient que je suis un menteur, un fabulateur. Pourtant, je vais faire réapparaître vos bébés.

— Petit démon ! N'essaie pas de faire de la magie !

— André, arrête avec ça, on rentre à la maison tout de suite.

— Laisse-moi faire, Papa.

— Ton fils se donne en spectacle, ajouta Sarah.

— Moi, votre pasteur, je vous demande de prier pour cette famille, qui vit avec un fils pris dans les ténèbres.

— Esther, retourne à la pouponnière, déclara André. Ils sont de retour.

La préposée, hésitante, s'enfonça dans le couloir, suivie par un groupe de gens incrédules.

— Si par ma parole je fais en sorte que Dieu les ramène, Pierre Simon devra admettre que je suis réellement monté au ciel et que j'ai reçu des dons impossibles à ignorer.

— Tu ne nous impressionnes pas.

— Ah non ?

Une clameur retentit derrière les portes battantes. Les douze enfants hurlaient en chœur.

PARTIE III

Car il s'élèvera de faux Christs et de faux prophètes ;
ils feront de grands prodiges et des miracles,
au point de séduire, si possible, même les élus.

Matthieu 24:24

BAPTÊME

Dorothée guida André vers les étages inférieurs du complexe matriciel. L'escalier en colimaçon, recouvert de mycélium, descendait autour du convoyeur vertical vers une procession continuelle d'œufs pondus dans les entrailles de l'abdomen.

Je dois te montrer ton frère.

À l'intérieur d'une cuve remplie de liquide amniotique était enfermé un être à moitié formé qui serait en tous points identique à l'original, du moins en apparence.

André tenta de se reconnaître dans les renflements de ce visage tordu, méconnaissable, où il devinait le bourgeonnement des organes sensoriels, bouche, nez, oreilles estropiées, orbites colmatées de chair opaque, crâne parsemé de cheveux maigres. Des cheveux de nouveau-né.

Douze autres cuves plus petites, encore vides, étaient branchées au tube principal. Quelques subtilités seraient ajoutées à la composition finale, expliqua Dorothée, mais ces éléments ne proviendraient pas de la souche originelle. Ils devaient être prélevés ailleurs, puis mélangés au matériau de base afin de créer le modèle parfait, celui que tous les chrétiens attendent depuis la venue du dernier Messie.

André s'approcha de son frère et posa sa main sur la vitre. Une cicatrice fendit l'une des orbites, et la paupière se souleva. Il était devenu conscient de sa présence.

Le matin du baptême, Robert se leva avant sa famille. Il se prépara deux toasts à la marmelade et au miel, se dirigea silencieusement vers le salon et tira le rideau. Il mangea ses toasts en regardant s'écouler le cours d'eau.

La maison abandonnée sur le terrain d'en face avait été inondée. Robert se demandait si elle allait s'écrouler bientôt. Il pleuvait sans interruption depuis trois jours. Le printemps gagnait en force. Le niveau de la rivière gonflait, emportant dans son sillage des traînées de boue grise et brune. Les herbes mortes perçaient la mince couche de neige des champs en friche où apparaissait toujours la spirale.

Certains membres avaient commencé à se plaindre à Pierre Simon du fait que leurs adolescents revenaient du Club Contact avec des pensées impures : l'Apocalypse d'abord, puis des histoires de prostituées et d'enfants volés, des croyances qui n'avaient pas leur place à l'Église du Souffle.

Les parents des Douze, ces enfants « choisis », se tenaient à une distance respectueuse de Robert et de sa famille, préférant considérer André comme un jeune chrétien normal, presque parfait. Auprès de la jeunesse, André participait à un grand nombre de réunions de prière, en plus du bénévolat, de l'accueil et des activités organisées pour intégrer les novices.

Chaque dimanche, le sanctuaire était plein, et plusieurs membres devaient assister à la réunion debout. Salomon avait évalué qu'en l'espace de quelques mois, ils étaient passés de deux mille à deux mille cinq cents personnes. Cette affluence mettait l'administration mal à l'aise, car les nouveaux ne venaient pas dans l'espoir de rencontrer Jésus. Ils étaient attirés par André, qui se chargerait d'annoncer la prophétie en temps et lieu. Ce serait aujourd'hui, Robert en était persuadé, que cet événement se produirait, que son fils accomplirait la promesse.

Dans la boîte aux lettres, on avait déposé un paquet. L'enveloppe contenait une cassette au ruban mauve portant l'inscription HYPNOSE. Robert alla s'enfermer dans la voiture et l'inséra dans la fente du lecteur. Au début de l'enregistrement, une femme à l'accent étranger donnait des instructions à André pour lui permettre d'entrer en transe.

La pluie tombait sur le pare-brise, accompagnant le frottement magnétique de la bande. Robert ne pouvait appuyer sur « stop », poussé par une curiosité malsaine à écouter l'enregistrement jusqu'à la fin. Il prit peu à peu conscience de son ignorance et découvrit à quel point son fils avait été transformé. Le pire, c'était qu'il avait collaboré avec *eux*. Il avait voulu subir toute cette souffrance, fuir la famille au point d'accepter la torture.

La cassette émit un déclic au moment où André apparaissait sur le seuil de la maison, vêtu de son pyjama. Il se rendit à la voiture et entra, prenant place aux côtés de son père.

– Ta mère est réveillée?

– Pas encore. Tu as écouté la cassette?

– Oui.

– Alors tu sais tout.

– D'autres gens l'ont écoutée?

– Salomon et les parents des enfants qui ont été choisis. Mais il en circule déjà d'autres copies... J'ai voulu que toi aussi tu saches.

– Pourquoi est-ce que tu me dis ça aujourd'hui?

– Parce que c'est important que tu connaisses ta place. Moi aussi, j'ai une place, mais elle n'est plus dans cette famille. Mon destin est d'être un instrument au profit d'un autre qui va me remplacer.

– Ne dis pas ça. Tu seras toujours mon fils.

Il essaya de l'étreindre. André se dégagea avec indifférence.

– Tu sais, ça ne me dérange pas que tu ne veuilles pas de Sarah comme mère. Tu ne l'aimes pas, elle non plus, mais je t'en prie, fais en sorte qu'il n'arrive rien à l'enfant.

– Vous étiez d'accord quand on vous a proposé un moyen. Je ne suis pas responsable de votre décision. C'est vous deux qui m'avez présenté Dorothée, vous devez en subir les conséquences. Tu es mon père, et je t'aime. Mais je ne te pardonnerai jamais de m'avoir exposé à tant de stupidité. Je ne veux pas servir à cette église des mensonges vieux de deux mille ans. Je vais montrer ce qui arrive au roi quand le royaume tombe aux mains des envahisseurs.

La petite Julie n'acceptait plus d'être à l'église sans se trouver dans la même pièce que les onze autres enfants enlevés par les anges, ni qu'on la laisse à la pouponnière sans Esther. Tous portaient le même symbole inscrit dans la peau, au niveau du mollet : un losange formé de quatre points qui, une fois reliés, dessinaient une croix renversée.

Lorsque sa mère était soucieuse, comme en ce matin de baptême, Julie s'agitait davantage, elle refusait de se faire habiller, se tortillait pour l'empêcher de lui mettre sa robe du dimanche. Son regard changeait, elle devenait moins docile. La mère avait l'impression que Julie se concentrait, comme si elle cherchait à lire dans son esprit.

Il ne fallait pas penser aux choses de Dieu, car alors, l'enfant se mettait à pleurer. Avec son mari, elle en parlait toujours à voix basse ou évitait carrément le sujet. Ils faisaient surtout très attention quand ils consommaient leur amour. La dernière fois, alors qu'il la prenait en missionnaire et qu'elle était sur le point de jouir, elle avait aperçu sa fille qui les observait depuis le cadre de la porte. À seize mois, Julie se déplaçait avec agilité. Cela exigeait une surveillance étroite : sa mère avait pourtant cru que les barreaux de son lit l'empêcheraient de déranger leur intimité ; malgré tout, Julie avait eu cet instinct, cette *perversité.*

La mère se souvenait de ce qu'André racontait sur la cassette. Les bébés qui flottaient dans des cuves. Une idée folle la traversa : et si Julie était là-bas, sur leur planète, tout en se trouvant ici avec elle ? Il y en avait peut-être deux, et celle-là devait être la fausse.

Qui es-tu ?

Sa fille venait de lui parler. Ses pupilles s'étaient agrandies, ses iris réduits à de minces anneaux bleu ciel.

Impossible, pensa la mère, *Julie est beaucoup trop jeune encore.*

– Je veux que tu redeviennes comme avant.

– Non. J'ai été choisie.

Une voix aiguë. Un débit lent. Chaque syllabe articulée avec soin. Une expression sévère, adulte. Un visage qu'elle ne reconnaissait pas.

Il n'y avait personne dans le sanctuaire, à l'exception de Salomon, assis au beau milieu de la salle. Ça lui arrivait de venir ici chercher la paix intérieure, car rien ne ressemblait plus à Dieu que ce silence toujours imparfait, cette absence trop grande pour être vraie. Il palpait la cicatrice sur son mollet, qui l'élançait dans les fibres de ses muscles. Il ne savait plus s'il imaginait la douleur ou si la blessure réagissait en prévision de ce qui l'attendait.

Au-dessus de la scène, la croix en métal pendait dans le vide, maintenue par un jeu de câbles et de boulons. Il imagina Jésus en train d'expirer lentement jusqu'au dernier souffle qui allait le consacrer roi des rois. De tous les symboles gravitant dans l'univers des représentations possibles, les chrétiens avaient choisi d'utiliser un instrument de torture pour se rassembler. Mais était-ce un hasard ? Salomon savait que dans le rapport à Dieu aucun aléa ne pouvait être toléré. La croix s'était imposée en raison d'une nécessité absolue.

Il ne croyait plus à la vérité supposément procurée par la joie d'être sauvé. Il se moquait de la guérison promise par la Bonne Nouvelle. Depuis des siècles, un être nouveau en substance attendait son tour, se permettant de temps à autre des incursions passagères dans le monde. On a toujours dit que Satan était un ange à qui avait été refusé le gîte céleste. Ceux qui habitaient le ciel étaient à la fois Dieu, Satan et autre chose.

Une porte s'ouvrit dans le sanctuaire, laissant entrer la silhouette imposante de Pierre Simon. Le pasteur en chef franchit l'allée centrale, vint s'asseoir aux côtés de Salomon et lui désigna la croix en suspension au-dessus de l'estrade. Son geste était teinté de mépris.

– C'est terminé. Après le baptême, je vais prendre ma retraite.

Cette église, qu'il avait construite comme une maison pour protéger les fidèles des tentations du monde, avait manqué à sa fonction ; il se comparait à un berger ayant franchi un ravin pour aller chercher la brebis égarée mais qui, une fois revenu vers son troupeau, s'était rendu compte que les bêtes avaient été possédées par un esprit malin, Légion, qui les conduisait toutes ensemble vers une mort précipitée.

– C'est ce que tu as toujours souhaité, David, prendre ma place.

– Si tu le savais, pourquoi est-ce que tu n'as jamais voulu te débarrasser de moi ?

– Comment aurais-je pu ? Tu étais déjà trop fort quand je m'en suis rendu compte. J'ai été naïf. Tu as gagné.

Ils restèrent un moment en silence. Tout avait été dit, consommé entre eux, jusqu'à ce que la voix de Simon perturbe l'équilibre déjà précaire de leur rencontre.

– Au fond, croire en Dieu ne m'a pas permis de croire en eux, et tu en as tiré avantage. Ils étaient de ton côté.

– Tu me donnes trop de crédit. Tu sais bien que je n'ai pas réussi tout seul. Sans la maladie de ma fille, je n'aurais jamais osé me soulever contre toi, et jamais je n'aurais compris qu'*ils* étaient parmi nous.

– Tu vois tout comme une guerre, mais c'est parce que tu aimes faire le mal. La différence entre toi et moi, c'est que je crois toujours en Jésus. Je te pardonne. C'est d'ailleurs la pire offense que je peux te faire : avoir pitié de toi.

– J'ai fait un rêve étrange. Un homme se promenait proche d'un village, caché entre les branches. Personne ne savait que c'était un humain, parce qu'il imitait le pas et le cri du loup à la perfection.

Sarah s'était réveillée lorsque le premier enfant avait été mordu. Son réflexe avait été de poser ses mains sur son ventre proéminent. Pendant quelques instants, le battement de son propre cœur à ses tempes l'avait empêchée de sentir le mouvement de son fils, et elle avait alors cru qu'il s'était étranglé avec le cordon ombilical ou, pire, qu'il n'avait jamais été là. Depuis quelques jours, elle éprouvait des douleurs dans son ventre, mais elle avait résolu de ne pas en parler à son mari.

– Tu es en période de tentation. Le Seigneur t'envoie un signe.

– C'est bien ça qui me fait peur. Robert, si tu savais quelque chose à propos de notre enfant, tu me le dirais?

– Je te le jure.

– J'ai tellement peur qu'il lui arrive quelque chose.

Ils s'embrassèrent, ce qui la détendit un peu.

– À partir d'aujourd'hui, grâce au baptême, André va abandonner son ancienne vie et naître de nouveau. Il faut que tu changes d'attitude pour lui montrer combien il compte pour nous. Tu te rappelles quand nous, on l'a fait? On a accepté de laisser le passé derrière.

– Il attend son moment pour trahir tout le monde.

– Je ne crois pas. N'oublie pas que tu as été témoin du miracle, comme les autres. Les bébés sont réapparus grâce à André. C'est la volonté du Seigneur qu'il soit notre guide.

– Il a fait ça uniquement pour lui. Je ne lui ferai jamais confiance.

André entra dans leur chambre sans frapper, déjà prêt à se rendre à l'église. Il avait enfilé ses vêtements du dimanche.

– C'est le grand jour.

Elle détestait quand il se mettait du gel dans les cheveux. Ça lui donnait un air hautain, méprisant. Depuis quelques mois, son sourire même faisait émerger en elle une haine qui prenait sa source au fond de ses entrailles et refusait de se tarir. Elle sentit un membre appuyer à l'intérieur de son utérus, se dit que le bébé devait réagir à sa colère.

Sarah enfila des souliers à talons plats foncés et un long chandail noir, ensemble bouffant qui dissimulait la bosse de son ventre.

Robert sortit la basse électrique de sa caisse, en inspecta les cordes avec soin. Elle s'était désaccordée durant la nuit. Il tenta de rendre à l'instrument un son harmonieux, mais le temps était venu de partir. Ils devaient arriver à l'avance pour la préparation de la cérémonie.

Lorsque la voiture fila sur le pont, Sarah se laissa bercer par la vue apaisante de la rivière. La pluie venait enfin de cesser. Les nuages s'écartaient les uns des autres, laissant pénétrer une éclaircie. Robert n'avait rien remarqué ; son regard restait concentré sur la route, inconscient du point rouge qui planait à l'horizon. Elle leva les yeux pour constater qu'André lui souriait dans le rétroviseur.

En ce jour spécial, l'église était tellement pleine que Robert avait dû obliquer dans une rue transversale pour trouver un stationnement. Quand ils arrivèrent tous les trois devant les grandes portes, des gens s'avancèrent pour les accueillir. André les salua chaleureusement. On voulut lui remettre un bouquet de fleurs, mais il déclina le cadeau. Après tout, le baptême n'avait pas encore eu lieu.

Dans le hall, un groupe de jeunes, mené par Dorothée et formé pour la plus grande partie de chaperons, vint le féliciter d'avoir décidé de passer par les eaux de la rédemption. Dorothée posa son front contre le sien. Ils gardèrent la pose sans échanger un mot. Après quoi André remercia chacun d'entre eux et leur ordonna de se disperser. Il voulait que sa famille et lui puissent pénétrer à leur aise dans le sanctuaire. Il dit à Dorothée de veiller à ce que chaque jeune ait une bonne place pour assister à l'événement. C'était seulement les jours de baptême qu'on laissait les jeunes entrer dans le sanctuaire : ils devaient chérir ce moment privilégié.

Les dimensions de la salle principale étaient impressionnantes. Une copie de la chapelle jeunesse, mais en dix fois plus grand. Les architectes n'avaient pas négligé de donner de la hauteur au plafond. La structure était supportée par de fortes colonnes en acier. La scène large était dominée par la croix en métal suspendue au-dessus du lutrin en verre. Une piscine avait été installée dans la structure de l'estrade. Un micro pendait au-dessus du bassin.

Moussa Gabu les rejoignit avec une pile de soutanes dans les bras. Il en tendit une à André et expliqua qu'elle avait été cousue spécialement pour lui, car c'était la première fois qu'un enfant se faisait baptiser à l'Église du Souffle.

Tout en enfilant le long vêtement, André écouta les instructions pour la cérémonie. Sitôt commencées les louanges de bienvenue, les futurs baptisés devaient rejoindre les coulisses où les attendrait Pierre Simon. Là aurait lieu une réunion de prière en groupe. Le pasteur en chef paraîtrait sur scène pour un sermon de quelques minutes, puis ils seraient appelés à s'installer à l'avant. Des sièges leur avaient été réservés.

Moussa Gabu annonça à Robert que dès la fermeture des portes, les louanges allaient commencer. Ce serait à lui de monter sur scène et d'entamer le premier chant, destiné à mettre le peuple en présence du Seigneur. Gabu partit distribuer les toges aux autres futurs baptisés répartis un peu partout dans le sanctuaire. Il n'y avait plus aucune place assise disponible, et les retardataires devaient se tasser le long des murs.

Salomon entra dans le sanctuaire accompagné de Rachel. L'épouse du pasteur jeunesse était une belle femme quand André et ses parents l'avaient rencontrée, mais désormais, son visage avait une teinte grise et ses yeux s'enfonçaient dans leurs orbites. Sa peau semblait flétrie et ses mains étaient parcourues de veines saillantes : des mains de vieillarde. Le pasteur Salomon prit les trois membres de la famille dans ses bras à tour de rôle et Rachel plaqua sa bouche sèche contre leurs joues.

– Si ce n'est pas notre élu... Quand je te vois, André, je ne peux pas penser à autre chose qu'à la réussite.

– Je ne serais rien sans toi et Dorothée.

Le couple Salomon lui souhaita bonne chance avant d'aller prendre place dans la section réservée aux pasteurs. Robert déplia ses partitions et monta sur scène.

– C'est ta dernière chance, dit André en se tournant vers Sarah. Ou tu acceptes de collaborer ou je vais dire à tout le monde que tu es une chienne et que tu m'as battu.

– Tu peux dire ce que tu veux, tu es un petit con qui raconte n'importe quoi. Ton père m'aime, ce bébé va naître, et tu vas retourner croupir dans ton trou comme n'importe quel insecte.

– C'est ce qu'on va voir, Maman.

Sitôt la musique entamée, André releva les plis de sa toge et marcha en direction des coulisses.

En fendant la foule de fidèles, André repensa aux révélations qui l'avaient assailli au Centre, pendant les nuits d'hiver interminables qui avaient suivi sa disparition.

Selon l'Apocalypse, quand le temps serait venu, l'ange Gabriel ferait résonner sa trompette et ceux qui l'entendraient monteraient au paradis avant la destruction de la Terre. Cet enlèvement se produirait bientôt, tel que l'enseignait l'Église du Souffle depuis des décennies. Un passage des Éphésiens lui revenait à l'esprit : « C'est pourquoi il est dit : étant monté en haut, il a emmené des captifs, et il a fait des dons aux hommes. Or, que signifie : il est monté, sinon qu'il est aussi descendu dans les régions inférieures de la Terre ? »

Comme cela avait été planifié, André ne pouvait faire autrement que de se laisser utiliser comme l'instrument qu'il avait toujours été, un projectile, une balle de fusil, une bombe nucléaire qui ne pourrait servir qu'une seule fois.

Dans une pièce sans fenêtres aux murs insonorisés par des panneaux gris, les futurs baptisés attendaient en cercle, main dans la main, que Pierre Simon prenne la parole. André était placé à gauche du pasteur en chef, dont la paume était chaude et couverte de sueur. Simon récita quelques prières, vanta la pureté de leur existence à venir, la justesse de leur choix, puis fit allusion à ce passage de l'Évangile: « Il viendra comme un voleur dans la nuit. »

Il obtint des amen plus ou moins convaincants, puis les futurs baptisés sortirent un à un de la salle de prière sous des applaudissements grandissants. Simon retint André sur le seuil.

– Avant de monter sur scène, j'aimerais clarifier quelque chose avec toi. Ce serait bien que tu nous parles un peu de ton expérience avec le Seigneur.

– Je comptais bien le faire.

– Par contre, je me demandais si tu pouvais éviter de mentionner certaines choses... Toutes ces histoires avec les extraterrestres, c'est un peu exagéré, je pense.

– C'est quand même ça qui m'est arrivé.

– Peut-être, mais je connais bien mon Église. Je crois que les fidèles ne sont pas prêts à l'entendre.

André promit d'éviter le sujet. Pierre Simon lui serra la main, puis l'invita à entrer dans le sanctuaire. Les gens étaient debout, battant des mains au rythme du nouveau cantique écrit par Salomon.

Car j'étais mort, enterré
à l'appel, je suis monté
en esprit, de tout mon cœur
de toute mon âme
mon corps s'élève
vers les étoiles.

Les doigts de Robert produisaient des notes rondes, simplistes, amplifiées par les colonnes de son. André savait depuis longtemps que son jeu demeurait artificiel, que son père n'avait pas vraiment de talent pour la musique, concentré sur les partitions comme si sa vie en dépendait. Il remercia intérieurement Salomon d'avoir trouvé une utilité à cette médiocrité. Sous les yeux de son père, il accomplirait l'ultime sacrifice pendant que tout le monde regarderait.

– Alléluia ! Jésus, Jésus ! clama Pierre Simon. Je sens que le Seigneur est parmi nous. Alléluia. Le premier qui ressent la présence de Dieu parmi nous ce soir, qu'il dise à son voisin : « Il est parmi nous en ce moment ! »

– Il est parmi nous en ce moment ! cria la foule en transe.

– Je remercie chaleureusement nos musiciens d'avoir travaillé à la pièce que notre pasteur jeunesse, David Salomon, a eu la gentillesse de composer pour nous en prévision du baptême. Jésus nous a apporté un exemple de ce que c'est de donner sa vie pour la vérité, et il faut que cette vérité rejaillisse sur le monde afin que sa gloire nous couvre de sa grâce. En son nom, j'aimerais donc appeler notre premier baptisé : André Lépine.

Pierre Simon pénétra dans la piscine en bras de chemise, bientôt rejoint par André. Le pasteur dut le porter, car ses pieds ne touchaient pas le fond.

De loin, Dorothée adressa un sourire à André. Ses lèvres articulèrent une phrase muette, une prière.

– Certaines personnes sont protégées par l'esprit. Toi, ta mère biologique a essayé de te tuer.

– Oui, pendant qu'elle était enceinte.

André offrit une version écourtée où c'était finalement sa rencontre avec la femme de son père qui l'avait sauvé. Il remercia Sarah de lui avoir donné son amour.

– Sans elle, je n'aurais jamais connu de mère.

– Est-ce que tu reconnais Jésus-Christ, fils de Dieu, pour ton seul et unique Sauveur ?

– Je le reconnais. Je crois en lui parce qu'il vit en moi, et je n'ai aucun péché.

À ces mots, Pierre Simon immergea la tête d'André. Le cantique reprit en chœur. Les membres de l'assemblée s'unirent pour louer le Seigneur, concert de voix réverbéré par les murs, qui monta vers le plafond du sanctuaire illuminé d'un éclat vermeil. Tous chantaient, leurs paroles reprises par une foule de plus en plus nombreuse, dominée par la clameur soudaine d'une trompette. Dans une vague de plénitude, d'éternité, ils furent soulevés par la présence de Dieu. Ils planèrent à deux mètres du sol, baignés dans une lumière aveuglante. Le temps se figea dans une brume opaque, puis ils retombèrent doucement sur le sol de l'église.

Simon relâcha sa prise sur la tête d'André. Il n'avait pas assisté à un miracle, mais à une abomination : ses fidèles avaient disparu devant lui, avant de réapparaître subitement. *Comme les douze bébés.*

André sortit sa tête de l'eau. Les remous se teintaient de rouge. La lame de rasoir qu'il avait cachée dans sa manche venait d'ouvrir ses veines, libérant son sang dans le liquide chloré.

– Celui qui boit de cette eau n'aura plus jamais soif.

Une file se forma au creux de l'allée centrale, cortège affluant vers la piscine pour venir s'abreuver. La procession s'effectuait de manière lente, fantomatique. Des phalènes attirés par l'éclat d'une lumière trop vive. Robert laissa tomber sa basse, se mit à quatre pattes sur l'estrade et plongea la tête dans l'eau colorée par le sang de son fils.

Dorothée incita Sarah à venir boire elle aussi, l'encourageant à goûter la bénédiction octroyée par le nouveau Sauveur. Sarah refusa de se compromettre pour une fausse prophétie. Elle ne voulait pas faire partie de ses adorateurs.

– Si tu ne viens pas me rejoindre, l'avertit André, ton destin sera scellé. Tu ne pourras plus jamais revenir en arrière. Peut-être que c'est ce que tu veux.

– Tu es un menteur! Jamais tu ne seras mon fils. Je te déteste!

– Rien ne t'oblige à boire comme les autres, prononça André d'une voix éteinte. Ta différence sera récompensée.

Sur ces paroles, il s'écroula dans les bras de Simon.

À l'extérieur, le ciel gris avait laissé sa place à un bleu majestueux. Le soleil envoyait des rayons clairs sur le terrain de stationnement.

La foule se pressait autour de la civière. Les fidèles avaient formé une haie d'honneur conduisant à l'ambulance. De sa main valide, André montra les cieux. Un minuscule point de feu s'approchait. La taille de l'objet augmenta, jusqu'à devenir un disque en métal massif de plusieurs centaines de mètres de diamètre. Le vaisseau s'immobilisa au-dessus du peuple de Dieu.

Le simple fait de le voir voler représentait une merveille. On pouvait sentir le poids écrasant de son ombre qui masquait le soleil, la vibration de l'air se chargeant d'électricité statique. Malgré sa taille titanesque, il semblait ne reposer sur rien, en une image volatile.

Du viaduc provenaient des crissements de pneus et des bruits de chocs métalliques. Des enfants pleuraient de peur, des fidèles tombaient à genoux dans l'adoration, criant d'euphorie, tandis que se rapprochait le hurlement des sirènes.

Du centre du disque, le rayon descendit en ligne droite pour atteindre le front d'André. Son corps commença à s'élever de la civière, et le masque à oxygène s'arracha de son visage. Telle une plume, il monta jusqu'au vaisseau en clamant cette promesse : « Je reviendrai. » Son corps rapetissa. Il posa les mains sur son cœur et se dématérialisa en une étincelle. Le vaisseau prit de l'altitude avec un bruit de friction, retournant à la taille d'un grain de poussière.

Le ventre de Sarah se gonfla de crampes de plus en plus fortes. Elle fit quelques pas en direction de la voiture, appuyée contre Robert. La douleur devint si intense qu'elle vacilla. Un liquide chaud se mit à couler entre ses jambes. Robert cria en direction des ambulanciers. Ils avaient une nouvelle urgence.

ÉPILOGUE

UN FRÈRE

Il se souvenait encore de la dernière fois où ils étaient venus le visiter tous les deux ensemble. C'était la première fois qu'il avait vu à quoi il ressemblerait. Impossible de discerner combien de temps s'était déroulé sur Terre entre la visite de son frère et l'arrivée des Douze. Ici, à l'intérieur de cette cuve, le continuum avait sa propre courbe qui évoluait à l'écart de la temporalité humaine. Il savait seulement qu'à partir du moment où il avait ouvert l'œil, il avait commencé à se sentir laid, fatigué et plongé dans un ennui mortel, maintenu en vie par des moyens artificiels, condamné pour l'instant à demeurer incomplet.

Tout avait commencé à aller mieux lorsque les gris avaient installé les Douze dans les cuves de transfert. Alors, leur énergie vitale, leurs fibres, leurs délicieux nutriments avaient contribué à le rendre sain et fort. Pour la première fois, il avait pu articuler les doigts, sentir le pourtour de ses lèvres. Un insecte qu'il croyait avoir rencontré déjà, par le regard de son double, venait régulièrement à son berceau insérer de longues tiges à travers la cuve afin de tester ses réflexes sous les pieds, la poitrine, l'abdomen. Sa croissance se déroulait comme prévu : sa peau prenait une apparence humaine, et les souvenirs de sa vie terrestre se reliaient les uns aux autres en un réseau de plus en plus intriqué.

Le jour du baptême de son frère, une armée de gris s'était affairée à installer tous les membres de l'Église du Souffle au sein de la machine. À jamais il porterait en lui le sceau de leur présence : un mélange à la fois générique et particulier, car il avait pris une touche de couleur de chacun d'entre eux pour affiner ses traits biologiques, tableau protéiforme dont il était devenu à la fois le sujet et le modèle unique.

Des bribes d'information concernant la Terre lui étaient transmises grâce au canal de transfert : les douze enfants choisis, devenus de jeunes adultes, menaient une campagne de prosélytisme ayant pour but de répandre le message initial. Une nouvelle religion, une nouvelle race allaient prendre le relais de cet âge vétuste. Nombreux étaient ceux qui se convertissaient. Les Douze allaient de par le monde, et beaucoup d'Églises s'amalgamaient à celle du Souffle dans un syncrétisme qui rappelait le christianisme des premiers temps. En guise de symbole rassembleur, la croix fut renversée sur elle-même puis insérée à l'intérieur d'un losange, afin de rappeler les quatre étoiles de la constellation, la porte des cieux.

Ce monde terrestre lui apparaissait à la fois impossible et abstrait, et il brûlait d'impatience de s'y rendre. Il avait accès à une mémoire collective grossissant ses forces, mais il ne pouvait pas encore utiliser son pouvoir total. Les insectes, dotés d'une mentalité de ruche, étaient plus patients que lui. De plus, de nouveaux arrivages en provenance de la Terre continuaient d'affluer dans le complexe matriciel. Il savait aussi qu'à la reine ils avaient trouvé une remplaçante, capable de pondre sans interruption.

Ce fut Dorothée qui vint lui annoncer la fin de son purgatoire. Le liquide amniotique quitta l'intérieur du bassin, où on insuffla une atmosphère précaire. Ses poumons se déployèrent en éventail à l'intérieur de sa poitrine. Il émergea du silence avec un cri rauque. Il respirait pour la première fois.

Cette sensation sur sa peau ressemblait à une caresse onctueuse. Chacun de ses pores était une bouche buvant une à une les molécules présentes dans l'air. La première chose qu'il demanda fut de rencontrer son frère, l'original à partir duquel il avait été conçu. On l'avait préservé dans une cuve à part, dans un état de conscience diffus, au fond des méandres du complexe, là où il ne servait plus à rien. Il le regarda flotter, ému : c'était à ça qu'il ressemblait.

Détruisez-le.

Les membres d'André s'agitèrent dans un état de panique. L'effet d'aspiration se déclencha dans le bas du bocal. Sa peau se détacha de ses muscles comme la chair d'un fruit trop mûr, puis son corps flasque fut aspiré dans le tuyau, forme disloquée et gluante coulant vers la vidange.

Maintenant, allons voir la nouvelle reine.

Guidé par Dorothée, il se rendit dans une section en construction du complexe, où avaient été installées des douves pourvues de nouveaux œufs de toutes les races disponibles. Le visage de la reine était encastré dans une structure de câbles tressés en mycélium. On lui avait enlevé les yeux. À son approche, elle flaira sa présence. Sa bouche se crispa de mépris.

Salut, Maman. Je suis content de voir que tu as été bien installée.

TABLE

DÉJA PARU AUX ÉDITIONS TRIPTYQUE
DANS LA COLLECTION SATELLITE

Alain Gagnon, *Gloomy Sunday*, légendes contemporaines, 2019.

Direction littéraire : Mathieu Villeneuve
Révision linguistique : Martin Benoit
Correction d'épreuves : Romy Snauwaert
Composition et infographie : Isabelle Tousignant
Conception graphique : KX3 Communication

Diffusion pour le Canada : Gallimard ltée
3700A, boul. Saint-Laurent
Montréal (Québec) H2X 2V4
Téléphone : 514 499-0072 Télécopieur : 514 499-0851
Distribution : Socadis

Diffusion pour la France et la Belgique :
DNM (Distribution du Nouveau-Monde)
30, rue Gay-Lussac, 75005 Paris
France
http://www.librairieduquebec.fr
Téléphone : (33 1) 43 54 49 02 Télécopieur : (33 1) 43 54 39 15

Groupe Nota bene
2200, rue Marie-Anne Est
Montréal (Québec) H2H 1N1
info@groupenotabene.com
groupenotabene.com

ACHEVÉ D'IMPRIMER
CHEZ MARQUIS IMPRIMEUR INC.
À MONTMAGNY (QUÉBEC)
EN MAI 2019
POUR LE COMPTE DU GROUPE NOTA BENE

Ce livre a été imprimé sur du papier Enviro 100 % recyclé.

Dépôt légal, 2e trimestre 2019
Bibliothèque et Archives nationales du Québec
Bibliothèque et Archives Canada